散文新四書

春之華

林黛嫚　編著

郭強生　朱天文　陳冠學　王鼎鈞　簡媜　王盛弘　廖玉蕙　張曼娟　黃春明　張曉風　詹宏志　丘秀芷

三民書局

國家圖書館出版品預行編目資料

散文新四書 春之華／林黛嫚編著.——二版五刷.——
臺北市：三民，2018
面；　公分.——(文學流域)

ISBN 978-957-14-5204-3　(平裝)

855　　98010128

© 散文新四書　春之華

編著者	林黛嫚
總策劃	林黛嫚
發行人	劉振強
著作財產權人	三民書局股份有限公司
發行所	三民書局股份有限公司 地址　臺北市復興北路386號 電話　(02)25006600 郵撥帳號　0009998-5
門市部	(復北店)臺北市復興北路386號 (重南店)臺北市重慶南路一段61號
出版日期	初版一刷　2008年9月 二版一刷　2010年5月 二版五刷　2018年1月
編號	S 811450

行政院新聞局登記證局版臺業字第〇二〇〇號

ISBN　978-957-14-5204-3　(平裝)

http://www.sanmin.com.tw　三民網路書店

散文新四書 編輯凡例

一、在文學中書寫人生境遇，中國古典文學傳統中不乏其例，宋朝詞人蔣捷的〈虞美人〉是一個代表，「少年聽雨歌樓上，紅燭昏羅帳；壯年聽雨客舟中，江闊雲低，斷雁叫西風；而今聽雨僧廬下，鬢已星星也」，辛棄疾也有類似的心情抒發，「少年不識愁滋味，愛上層樓。愛上層樓，為賦新詞強說愁。而今識盡愁滋味，欲說還休。欲說還休，卻道天涼好個秋」。

二、至於結合季節與人生感慨的詩句，在詩詞中是普遍的題材，自然界的變化就是人生的道理，如寫春天的「小樓一夜聽春雨」、「春風又綠江南岸」等；歌詠夏天的如「孟夏草木長，繞屋樹扶疏」、「綠樹陰濃夏日長，樓台倒影入池塘」、「綠槐高柳咽新蟬，薰風初入弦」等；藉秋天抒懷的如「懷君屬秋夜，散步詠涼天」、「空山新雨後，天氣晚來秋」、「秋風吹不盡，總是玉關情」、「戍鼓斷人行，邊秋一雁聲」等；書寫冬天的如「天時人事日相催，冬至陽生春又來」、「君自故鄉來，應知故鄉事。來日綺窗前，寒梅著花未？」

三、現代文學中的散文作品如何運用季節的意象來表現人生？「散文新四書」邀請名家執編，各書主編皆在大學院校任教，教授現代文學課程，並在文學創作方面卓有聲名，《春之華》由小說家林黛嫚主編，《夏之豔》由散文家周芬伶主編，《秋之聲》由詩人陳義芝主編，《冬之妍》由散文家廖玉蕙主編。

四、林黛嫚說，我們在春天歡笑，在春天哀傷，在春天沉思，在春天展翅，春天的澎湃活力，以及多樣面貌，如同童年、少年、青少年有那麼多揮霍不完的青春；周芬伶說，人生之夏，是生命力昂揚的時節，感覺變得敏銳，世界也對我們開展，夏日是屬於記憶的，叫人務必張大雙眼追尋它的熱與塵；陳義芝認為，最能激發人聯想，引動心思去遼遠的時間、空間之外盤旋的，就是意態豐富的秋天；廖玉蕙表示，冬天也可以既妍又麗，繽紛似剪，崢嶸如畫，莫道冬容憔悴。本系列文選每一篇都有一個洗滌人心的故事，可以單本閱讀，也可四本接續品賞。

五、每篇收錄文選中的作品皆由主編撰寫「作者簡介」及「作品導讀」，務期方便讀者欣賞、習作與研究。「作者簡介」除呈現作家生平概略與整體創作風貌之外，同時加入主編對作者的認識，提供讀者另一個親近作者的角度；「作品導讀」則除了深入淺出賞析文本，並從作者的寫作方法切入，讓讀者也可由此文本學習散文創作。

【序】青春繁華

林黛嫚

春天是起點，季節的起點，人生的起點。瑞典國寶級的童書作家林格倫說：「快樂的童年是人一生生命力的泉源。有快樂童年的人才會有正向的人生觀，碰到挫折時，這個美好童年回憶會支持他走過幽谷，從失敗中站起來，度過難關。」可見這個起點多麼重要。

我們從春天出發，從牙牙學語、蹣跚學步到會跑會跳，騎車到處玩耍，開車遊歷各地；從一個人，到兩個人到建立一個家庭，到兒女離家的空巢到歸於塵土；我們在春天歡笑，在春天哀傷，在春天沉思，在春天展翅，春天的澎湃活力，以及多樣面貌，如同童年、少年、青少年有那麼多揮霍不完的青春。

一首現代的台灣歌謠，寫一個人從少年懵懂走到不惑之年，回顧生命中童年的點滴，歌詞淺白，以風箏來比喻人生，句句呢喃彷佛父親的叮嚀，歌詞這麼說：

阮阿爸，教阮來做風吹，伊講你敢知，咱人生親像風吹按呢飛，
飛啊飛，風愈大愈高，有時會飛入濛霧中，
飛啊飛，風愈大愈高，有時乎風來騙不知。
阮阿爸，牽阮去放風吹，伊講有一工，你若會親像風吹按呢飛，
飛啊飛啊，愈飛愈高，看到的物就愈未清，
飛啊飛啊，愈飛愈高，不當忘記線的起頭彼雙手，
風吹啊飛，風吹啊飛，飛過阮細漢一直有的夢，
風吹啊飛，風吹啊飛，飛過阮懵懂的夢。

歌詞中那位隨著大風愈飛愈高的少年，走過自小就有的夢想，也許終於來到高處，才發現父親說的沒錯，飛得愈高看得愈不清楚，也才記起父親說的，不要忘記風箏線的那一個起頭有一雙手，是扶持我們的手。

本書選文就從這樣的意象出發，讓作家們用他們的方式來回顧自己的青春年少——林海音古老的童玩已經隨她而逝，我們只能在文章中讓這些童玩再活一次；王鼎鈞寫了數百萬言後，文字才和白紙聯繫上，成為一則傳奇；詹宏志的童年，父親回家不回家有大不同；張曉風交給這個社會一個孩子，做母親的對孩子即將面對的歡欣憂煩十分關切；黃春明「地牛翻身」的地震說法是永遠的童話；陳冠學和女兒的純稚對話，讓我們知道也能以這樣的方式來和大自然對話；丘秀芷的土塊厝展現一種知足常樂的「陶淵明境界」；廖玉蕙的寂寞十七歲卻是花樹繽紛；一歲時的朱天文擁有父親母親全部的愛寵；簡媜從母親的一襲舊衣中體悟到家的平安意象；張曼娟的童年也有風箏，那風箏化為蝴蝶，破空而去；郭強生在一場座談會中，感受到作家和他的聯繫其實早在童年的亂讀中；王盛弘的童年記憶就像那座八卦山下的銀橋，永遠結實敦厚地佇立在那兒。

這十三篇文章像一座花園，承載著十三位作家的繁華青春，《小王子》的作者聖修伯里說，「每個大人都曾經是小孩」，就讓我們像孩子一樣留連細賞吧！

散文新四書

春之華

目次

我的童玩

林海音

老九霞的鞋盒，
是小腳兒娘的家；
鞋盒裡的隔間、家具，
也都是我用丹鳳牌的洋火盒堆隔成的。
如果是床，
上面就有我自己做的枕和被；
如果是桌子，
上面也有我剪的一塊白布鉤了花邊的桌巾。

我的「小腳兒娘」

老九霞的鞋盒裡，住著我心愛的「小腳兒娘」，正在靜靜的等著她的遊伴——李蓮芳的「小腳兒娘」。

夏日午後，院子裡的榆樹上，唧鳥兒（蟬）拉長了一聲聲「唧——唧——」的長鳴。雖然聲音很響亮，但是因為單調，並不吵人，反而是媽媽帶著小弟弟、小妹妹在這有韻律的聲音中，安然的睡著午覺。只有我一個人，興奮的在等著李蓮芳的到來——我們要玩小腳兒娘。

一放暑假，我就又做了幾個新的小腳兒娘。一根洋火棍，幾塊小小的碎花布做成的小腳兒娘，不知道為甚麼給我那麼大的快樂。

老九霞的鞋盒，是小腳兒娘的家；鞋盒裡的隔間、家具，也都是我用丹鳳牌的洋火盒堆隔成的。如果是床，上面就有我自己做的枕和被；如果是桌子，上面也有我剪的一塊白布鉤了花邊的桌巾。總之，這個小腳兒娘的家，一切都是照我的理想和興趣，最要緊的，這是以我藝術的眼光做成的。

最讓人興奮的是，中午吃飯的時候，我準備了一個用厚紙摺成的菜盒，放在坐凳我屁股旁邊。等爸爸一吃完飯放下筷子離開飯桌時，我的菜盒就上了桌。我夾了炒豆芽兒、肉絲炒榨菜、白切肉等等，裝滿一盒子。當然，宋媽會在旁邊瞪著我。不管那些了，牙籤也帶上幾根，好當筷子用。

李蓮芳抱著她的鞋盒來了。

我們在陰涼的北屋套間裡，展開了我們兩家的來往。掀開了兩個鞋盒，各拿出自己的小腳兒娘來。我用手捏著只有一條褲管腳和露出鞋尖的小腳兒娘，哆哆哆的走向李蓮芳的鞋盒去，然後就是開門、讓座、喝茶、吃東西、聊閒天兒。事實上，這一切都是我倆在說話、在喝茶、在吃中午留下來的菜。說的都是大人說的話，趣味無窮。因為在這一時刻，我們變成了家庭主婦，一個家的主婦，可以主動、可以發揮，最重要的是不受制於大人。

從六歲到六十歲

舊時女孩的自製玩具和遊戲項目，幾乎都是和她們學習女紅、練習家事有關聯的。

所謂寓教育於遊戲，正可以這麼說的。但這不是學校的教育課程，而是在舊時家庭中自然形成的。

我五歲自台灣隨父母去北平，童年是在大陸北方成長的，已經是十足北方女孩子氣了。我願意從記憶中找出我童年的遊樂，我的玩具和一去不回的生活。

昨天，為了給《漢聲》寫這篇東西，和做些實際的玩具，我跑到沅陵街去買絲線和小珠子，就像童年到北平絨線胡同的瑞玉興去挑買絲線一樣。但是想要在台北買到纏粽子用的絲絨線是不可能的了。我只好買些粗的絲線，和穿孔較大的小珠子，因為當年六歲的我，和現在六十歲的我，眼力的使用是不一樣啊！

用絲線纏粽子，是舊時北方小姑娘用女紅材料做的有季節性的玩具。先用硬紙做一個粽子形，然後用各色絲絨線纏繞上去。配色最使我快樂，我隨心所欲的配各種顏色。粽子纏好後，下面做上穗子，也許穿上幾顆珠子，全憑自己的安排。纏粽子是在端午節前很多天就開始了，到了端午節早已做好，有的送人，有的自己留著掛吊起來。同時做的還有香包，用小塊紅布剪成葫蘆形、蓋形、方形，縫成小包，裡面裝些香料。串起來加一個小小的粽子，掛在右襟鈕絆上，走來走去，美不唧唧的。除了纏粽子以外，也還把絲絨線纏在衛生球（樟腦丸）上。總之，都成了藝術品了。

珠子，也是女孩子喜歡玩的自製玩物，它兼有女性學習做裝飾品。我把記憶中的穿珠法，穿了一副指環、耳環、手環，就算是我六歲的作品吧！

撾子兒

北方的天氣，四季分明。孩子們的遊戲，也略有季節的和室內外的分別。當然大部分動態的在室外，靜態的在室內。女孩子以女紅兼遊戲是在室內多，但也有動作的遊戲，是在室內舉行的，那就是「撾（ㄓㄨㄚ）子兒」。

撾子兒的用具有多種，白果、桃核、布袋、玻璃球，都可以。但玩起來，它們的感覺不一樣。白果和桃核，其硬度、彈性差不多。布袋裡裝的是綠豆，不是圓形固體，不能滾動，所以玩法也略有不同。玻璃球又硬、又滑，還可以跳起來，所以可以多一種玩法。

單數（五或七枚）的子兒，一把撒在桌上，桌上鋪了一層織得平整的寬圍巾，柔軟適度。然後拿出一粒，扔上空，手隨著就趕快揀上一顆，再扔一次，再揀一顆，把七顆都揀完，再撒一次，這次是同時揀兩顆，再揀三顆的，最後揀全部的。這個全套做完是一個單元，做不完就輸了。

女性的手比較巧於運用，當然是和幼年的遊戲動作很有關係。記得讀外國雜誌說，有的外科醫生學女人用兩根針織毛線，就是為了練習手指運用的靈巧。

搵子兒，冬日玩的多，因為是在室內桌上。記得冬日在小學讀書時，到了下課十分鐘，男生搶著跑出教室外面野，女生趕快拿出毛線圍巾鋪在課桌上，搵起子兒來。

為了收起這些玩具給《漢聲》，我買來一些白果，試著玩玩。結果是扔上一顆白果，老花眼和略有顫抖的手，不能很準確的同時去揀桌上的和接住空中落下來的了。很悲哀呢！

除了搵子兒，在桌上玩的，還有「彈鐵蠶豆兒」。顧名思義，蠶豆名鐵，是極乾極硬的一種。沒吃以前，先用它玩一陣吧，一把撒在桌上，在兩粒之中用小指立著劃過去，然後捏住大拇指和食指，大拇指放出，以其中的一粒彈另外一粒，不許碰到別的。彈好，就可以揀起一粒算勝的，再接著做下去，看看能不能把所有的都彈光就算贏了。

跳繩和踢毽子

這兩項遊戲雖是至今存在，不分地方和季節的，但是玩具就有不同。跳繩，當然基本是麻繩，後來有童子軍繩和台灣的橡皮筋。我最喜歡的，卻是小時候用竹筆管穿的跳繩。放了學到琉璃廠西門一家製筆作坊，去買做筆切下約寸長的剩餘竹管，其組細是我們用寫中楷字的筆。很便宜的買一大包回來，用白線繩一個個穿成一條丈長的繩。這種繩子，無論打在硬土地上、磚地上，都會發出清脆的竹管聲，在遊戲中也兼聽悅耳的聲音。

跳雙繩頗不易，有韻律，快速。但是在跳繩中揀銅子兒，也不簡單。把一疊銅子兒放在地上（繩子落地碰不到的地方），每跳一下，低頭彎腰下去揀一個銅子兒，看你趕不趕得上又要跳第二下！又跳，又彎腰，又伸手撿錢，雖不是激烈運動，卻是全身都動的運動呢！

踢毽是自古以來的中國遊戲，這玩具羽毛是基礎，但是底下的托子卻因時間而不同了。在我幼年時，雖然幣制已經用銅板為硬幣，但是遺留下來的制錢，還有很多用處，做毽子的底托，就是最好的。方孔洞，穿過一根皮帶，把羽毛綑起來，就是毽子了。

自己做毽子，也是有趣的事。用色紙剪了當羽毛，秋天的大朵菊花當羽毛，都是毽子。而記憶中有一種為兒童初步學踢毽子的，叫「踢制錢兒」，兩枚制錢用紅頭繩穿起來，剛好是小孩子的手持到腳的長度即可。小孩子提著它，一踢一踢的，制錢打著布鞋幫子，倒也很順利。

踢毽子到學習玩花樣兒的時候，有一首歌可以念、踢，照歌詞動作，「一個毽兒，踢兩瓣兒。打花鼓，繞花線兒。裡踢，外拐。八仙，過海。九十九，一百。」念完，剛好踢十下，但是踢到第五下以後，就都是「特技」了！

活玩意兒

小姑娘和年幼的男孩，到了春天養蠶，也可以算「玩」的一種吧！

到了春天，孩子們來索求去年甩在紙上的蠶卵，眼看著牠出了黑點，並且動著，漸漸變白，變大。於是開始找桑葉，洗桑葉，擦乾，撕成小塊餵蠶吃。要吐絲了，用墨盒蓋，包上紙，把幾條蠶放上去，讓牠吐絲，仔細剷除蠶屎。吐夠了做成墨盒裡泡墨汁用的芯子，用它寫毛筆字時，心中也很親切，因為整個的過程，都是自己做的。

最意想不到的，北平住家的孩子，還有玩「吊死鬼兒」的。吊死鬼兒，是槐樹蟲的別名，到了夏季，大槐樹上的蟲子像蠶一樣，一根絲，從樹上吊下來，一條條的，淺綠色。我們有時拿一個空瓶，一雙筷子，就到樹下去一條條的夾下來放進瓶裡，待夾了滿滿一瓶，看牠們在瓶裡蠕動，是很肉麻的，但不知為甚麼不怕。玩夠了怎麼處理，現在已經忘了。

雨後院子白牆上，爬著一個淺灰色的小蝸牛，牠爬過的地方，因為黏液的經過，而變成一條銀亮的白線路了。你要拿下來，誰知輕輕一碰，蝸牛敏感的觸角就會縮回到殼裡，掉落到地上，不出來了。這時，我們就會拉出了聲音唱念著：

「水牛兒——水牛兒，先出犄角後出頭。你媽——你爹，給你買燒餅羊肉吃呀！……」

又在春天的市聲中，有賣金魚和蝌蚪的，蝌蚪北平人俗叫「蛤蟆骨朵兒」。花含苞未開時叫「骨朵兒」，此言青蛙尚未長成之意。北平人活吞蝌蚪，認為清火。小孩子也常在賣金魚挑子上買些蝌蚪來養，以為可以變成青蛙，其實玻璃瓶中養蝌蚪，是從來沒有變成青蛙過的，但是玩活東西，總是很有意思的。

剪紙的日子

一張張四四方方彩色的電光紙，對摺，對摺，再對摺，小小的剪子在上面運轉自如的剪起各種花樣。剪好了，打開來，心中真是高興，又是一張創作，圖案真美，自己欣賞好一陣子，夾在一本爸爸的厚厚的洋書裡。

剪紙，並不是小學裡的剪貼課，而是北方小姑娘的藝術生活之一。有時我們幾個小女孩各拿了自己的一堆色紙，湊在一起剪，互相欣賞，十分心悅。

等到長大些，如果家中有了喜慶之事，像爺爺的生日、哥哥娶嫂子，到處都要貼壽字、雙喜字，我們就搶不及的幫著剪，這時有創意的藝術字，就可以出現了。

——《英子的鄉戀》，九歌

作者簡介

林海音

原名林含英，小名英子。原籍台灣苗栗。父母曾渡日本經商，林海音於一九一八年生於日本大阪，不久即返台，當時台灣被日本帝國主義侵占，其父不甘在日人統治下生活，舉家遷居北平。小英子即在北平長大，就讀北平城南廠甸小學、春明女子中學、北平新聞專科學校。曾擔任《世界日報》實習記者，與筆名何凡的作家夏承楹結婚，一九四八年才隨何凡回到台北，後來主持《聯合報．副刊》十年。以小說《城南舊事》（一九六〇年）聞名，是關於林海音童年在北平生活的五則小故事，曾改編成電影。另著有《曉雲》、《婚姻的故事》、《剪影話文壇》、《我的京味兒回憶錄》……等書。

純文學這個概念最先由林海音提出，提倡不含政治及商業目的地創作文學，她在一九六一年成立純文學出版社，創辦《純文學》雜誌，培育無數青年作家。她的名言是「有人得意，看背影就可以知道；有人失意，聽腳步聲就可以知道。」由於林海音熱情好客，樂於提攜文壇新人，也常在她家的客廳和文友聚談，而有「林先生家的客廳就是文壇」的美稱。二〇〇一年辭世，享年八十三歲。

作品導讀

童玩牽繫著時代記憶

民國初年的北方小姑娘玩些甚麼？「舊時女孩的自製玩具和遊戲項目，幾乎都是和她們學習女紅、練習家事有關聯的。所謂寓教育於遊戲……但這不是學校的教育課程，而是在舊時家庭中自然形成的」，林海音說。

我們來看看這些小女孩為長大後當個家庭主婦做準備的童玩是些甚麼，用洋火棍當身體，碎花布裁成小衣服的「小腳兒娘」，加上老九霞的鞋盒當小腳兒娘的家，放在百年後來看，或許就是芭比娃娃吧；擓子兒雖然材料不同，白果、桃核、布袋、玻璃球，看看玩法，很像我們五年級（指民國五十年至五十九年出生的一代）玩的沙包，只是用白果、桃核揀扔，難度要高許多；跳繩、踢毽子、養蠶和剪紙則是歷久彌新、不退流行、不分地方和季節的遊戲，只是林海音她們玩的玩意兒，大多是自己做的，遊戲的趣味從製作童玩就開始了。就像跳繩，用的繩子有很多種，童軍繩、台灣孩子玩的橡皮筋，但林海音最喜歡的是用竹筆管穿的跳繩，做毛筆剩下的竹管用白線繩一個個穿成一條丈長的繩，這種繩跳起來有悅耳的竹管聲，遊戲，也可以有聲有色啊。

玩具本身固然為遊戲的孩童帶來娛樂效果，但更多時候，童玩只是一種聯結，把孩子的友誼聯結起來，帶著小腳兒娘和玩伴李蓮芳玩著扮家家酒的遊戲，兩個小女孩，像長大後的主婦一樣說大人的話，做大人的活，小女孩對成長的渴望，在這個遊戲裡表露無遺。林海音藉由這些玩具，追索她一去不回的童年生活，那麼，我們呢？這些童玩，對時下年輕人來說，已經是比祖母級的童玩還要古老，正因為如此，認識這些有年紀的童玩，了解那一代孩子的童年生活，林海音的玩具和她一去不回的童年，就在讀者的閱讀中又年輕了起來。

地震

黃春明

我問祖母為甚麼會地震。
她說地底下有一頭地牛，
牠扛著我們腳下這塊地，
扛久了，肩膀痠，
換另一邊的肩膀扛。
就在換肩膀時動了一下，
我們地上的人就覺得地震了。

上個月中旬，舊金山發生一場大地震，電視很快的把消息廣播到世界各地。聽到消息、看到災情之後，住在台北的人嚇壞了。因為有不少人的親人住在美國加州。有多少人？我們不知道。可是從發布消息之後，從台北掛到加州的越洋電話，據說排到第二天晚上，還有人輪不到。

還有另一個恐懼的是，經驗的陰影。人們不一定記得起確實的時間和日期，以及崩塌下來的建築物的名稱，但是災難的事件，印象十分深刻。腦子稍一翻就有好幾件。例如橫跨台北和三重的中興大橋，豐原某中學的禮堂，當時學生正在開週會。還有台北辛亥路與基隆路交叉處的高架橋，某地方的體育場看台等等，這些都是在地不震、風不動的平時垮下來的。像舊金山這種級數的地震，要是發生在台北的話，真是沒有人敢想像。

聽說在這次舊金山地震之後，特別是住在台北高樓公寓的人，平時睡覺愛穿不穿的，連著好多天，他們竟然就寢時穿著整齊。他們並不是從容等待災難，而是一種無奈。他們是這樣想的：地震甚麼時候來，誰知道？萬一睡覺時候來了，要是服裝不整，或是一絲不掛，被摔出去，第二天清理現場的軍警看到了，不是死活都很尷尬嗎？說的也是。如果是這麼死認真，是會尷尬的。這種神經纖細的、生活在風吹草動的人，除非搬到一樓，不然只要恐懼的陰影不去，晚上辦事能力也impotency。曹植說，高台多悲風。一點也不假。很抱歉，不是筆者賣弄洋文，偏偏有些事情，用洋文說出來，顯得文雅有學問。然而換上咱們的國文國語或是方言說說，就變成髒話。不信你用洋文唸make love，然後翻成中文改口說說看。你敢嗎？真氣人。洋人可以說髒話，中國人就不可以。

事隔多日，有些地震恐懼症的人，睡覺還在為要不要穿衣服傷腦筋。有一對年輕夫妻，因為討論過分激烈，把睡在隔壁房、讀幼稚園的兩個小孩都吵醒了。小孩一邊叫怕，一邊跑到大人的房間，說他們怕地震，要留在這裡和爸爸媽媽睡。很顯然，這個晚上服裝的問題，不用爭執了。但是，兩個小孩睡意全消，抓住地震的問題，問到底。

「那一天媽媽不是跟你們講過了嗎？有沒有？我們一起看小小科學百科的啊。」母親很有耐心的說。是的，媽媽不但說過，還說了好幾遍。每次都會說到火山爆發、地層下陷、造山運動、兩個大陸板塊撞擊甚麼的。這不但沒給小孩子回答問題，相反的等於再拋出更多的問題給小孩。到這種地步，大人還是不會懷疑這些兒童科學叢書之類的出版物。

小孩子懊惱地反覆著問。在旁的爸爸一肚子不耐煩，說明天一大早有會要開，把他們包括媽媽統統趕回小孩子的房間。可是他翻來覆去，換了幾種睡姿，還是沒有辦法入睡。反而更清楚的聽見隔房傳來的，小孩子、媽媽和翻小小科學百科的聲音。一股莫名的火就在胸口燒起來，但是小孩子又不能隨便生他們的氣。這才叫人火大。沒想到地震的後遺症，有這麼深刻的影響。

不過，還是有一些人對地震就不那麼敏感。就像出版幼兒科學叢書這類的老闆。要是他們在舊金山地震之後，馬上做廣告，說舊金山為甚麼會大地震？請看××幼兒科學的話，相信會利市的。因為台北的中產階級，相當怕事，怕死，怕小孩子跟不上人家，當然也很怕地震而留有陰影的。好在我們沒看到這類廣告，不然有多少小孩子的背上，又要加重他們的不快樂的包袱了。

其實這樣的問題，鄉下的祖母，老早就替小孩子擺平了。很簡單，她把地震分成兩種，一種是大人的地震，一種是小孩子的地震。記得小時候的一次大地震，那時候沒有高樓大廈，沒有甚麼傷亡。只有樹上鳥巢的蛋翻下，碎了，我們還看見成形的鳥胎。我問祖母為甚麼會地震。她說地底下有一頭地牛，牠扛著我們腳下這塊地，扛久了，肩膀痠，換另一邊的肩膀扛。就在換肩膀時動了一下，我們地上的人就覺得地震了。這樣的回答，我們小孩子懂了，並且很滿意，下次再發生地震，有新的小孩再問起這種笨問題時，我們就扮演知者來回答。那時候聽到祖母的回答之後，一有空就想像地底下的那一頭地牛有多大，結果是，你想牠有多大，就有多大。這大概就是想像力的起源吧。

同一天傍晚，通車到宜蘭念中學的堂哥回來了，我問他宜蘭有沒有地震？他說有。我哇了一聲。我說地牛有那麼大啊？從羅東到宜蘭那麼大啊！堂哥聽我那麼說，輕拍了一下我的頭，說我一定是聽祖母講的。我很驚訝他怎麼知道。他說祖母沒有念書才這麼說，真正的地震是地層怎樣怎樣，火山怎樣怎樣，造山啦……反正我越聽越糊塗，但是又要相信堂哥的話。因為他是中學生啊。在我想像中的大地牛，在我的腦中，像洩氣的氣球，一直縮一直縮，縮到成一點，沒了。這種感覺，大概就是大人所謂的悵然吧。

我懊惱地去找祖母算帳。我見了她就說：「阿媽，你騙人！」祖母問我為甚麼？我說世界上沒有地牛。她馬上就說：「是你的堂哥說的對不對？」當時我覺得，他們兩個真厲害，誰說甚麼他們都知道。然後她又問我堂哥怎麼說的。我支支吾吾說不上甚麼，我根本就沒聽懂。她看我有點沮喪，安慰我說，等我長大以後才去學堂哥的那一套，現在不妨就相信地牛吧。

「那麼真的有地牛？」我興奮的說。

「真的，有地牛。」她摸著我的頭。

「你沒騙我？」

「阿媽怎可以騙乖孫？」

我要她跟我勾手指發誓。我們勾手指一起唱：勾牢勾手指，騙人的會死。然後我們吐痰，她吐天，我吐地，兩人再用腳踩一踩，這隆重的發誓儀式就完成了。地牛又回到我的想像世界裡來了，有空就想想牠，我覺得很充實，小孩腦中的想像細胞又活起來了。

現在檢驗一下，我並沒因為相信地震是地牛換肩膀的關係，長大以後，阻礙了我對地震的科學知識，更沒有叫我變成老古董與科學世界隔絕。

現在台北，不管有形無形的，甚麼都偏重，並且堆砌得很高很高，對小孩的教育觀點、股票、房地產、選舉等等。想到這些，我晚上睡覺也得學學人家，穿著整齊一點。

——《等待一朵花的名字》，皇冠

作者簡介

黃春明

一九三五年生，台灣宜蘭人。屏東師範學校畢業，曾任小學教員、記者、廣告企畫，曾獲吳三連文藝獎、時報文學獎小說推薦獎、國家文藝獎等。早期作品發表於林海音主編之《聯合報・副刊》上，後則出現於《文學》季刊上。他的小說故事，尤以描寫鄉土人物的卑微生活見稱，因具強烈的草根性和泥土味，被稱為鄉土文學的代表作家。著有小說《兒子的大玩偶》、《鑼》、《莎喲娜啦再見》、《我愛瑪莉》、《放生》，散文《等待一朵花的名字》及童話《我是貓也》等多種。他特別關注台灣鄉村、土地及老人的問題，藉由一個個小人物的辛酸與掙扎、幽默與喜樂，表達出人們對命運的無奈、對世界的誤解，也讓讀者透過小琪、白梅、瑪莉等有名無名的人物，看到台灣在成長的年代中城鄉演變的鮮活風貌。

近年黃春明除創作童話，製作兒童劇場外，並成立吉祥巷工作室，積極參與社區營造、田野調查，足見黃春明在現實人生中見證他作品中的人與土地。雖然已經是「黃爺爺」等級的黃春明，或許是還寫童詩、搬演兒童劇，因而仍然充滿童心童趣，在他的散文作品中尤其明顯。

作品導讀

地震的人文反思

小說家的散文即使是敘事，都不會平鋪直述，而有許多人物跳出來，幫作者表達一些意涵。

說的是地震，卻古今中外都牽涉進去，遠在重洋之外的舊金山大地震，卻震出台北都市人的地震恐懼症，就寢時要穿著整齊；睡隔壁房的小孩要和父母擠一張床；小孩反覆問地震形成的原因，兒童科學叢書的介紹都搬出來了，還是不能滿足好奇的童心……其實關於地震的成因，老祖母早就為孩子擺平了，她說地底下有一頭地牛，扛著我們腳下這塊地，扛久了，肩膀酸，換另一邊肩膀扛，就在換肩膀時動一下，地上的人就感覺到地震了。這是小孩的地震，大人們當然不會相信這種說法，當小孩長成大人了，也知道那是老祖母哄小孩的話，只是對於想像力無邊無際的孩童來說，這樣的說法多麼有趣又容易理解。

題目雖為地震，本文探討的並不是地震本身，說的其實是人文的大地震。遠方的地震，震出經驗的陰影，更震出作者的反思，反思台灣這些年來一味追求經濟發展及高等教育等現代化的東西，卻反而與傳統文化失去聯繫，「台北的中產階級，相當怕事，怕死，怕小孩子跟不上人家」、「現在台北，不管有形無形的，甚麼都偏重，並且堆砌得很高很高，對小孩的教育觀點、股票、房地產、選舉等等」，從小篤信祖母的「地牛翻身」說法的黃春明，在用詼諧語調把現代台北人嘲諷一番之後，最後還來上一句，「我晚上睡覺也得學學人家，穿著整齊一點」。

張曉風

我交給你們一個孩子

世界啊，
今天早晨，
我，
一個母親，
向你交出她可愛的小男孩，
而你們將還我一個怎樣的呢！

我交給你們一個孩子

小男孩走出大門。返身向四樓陽台上的我招手，說：

「再見！」

那是好多年前的事了，那個早晨是他開始上小學的第二天。

我其實仍然可以像昨天一樣，再陪他一次，但我卻狠下心來，看他自己單獨去了。他有屬於他的一生，是我不能相陪的，母子一場，只能看作一把借來的絃琴，能彈多久，便彈多久，但借來的歲月畢竟是有其歸還期限的。

他歡然的走出長巷，很聽話的既不跑也不跳，一副循規蹈矩的模樣。我一人怔怔的望著油加利下細細的朝陽而落淚。

想大聲的告訴全城市，今天早晨，我交給你們一個小男孩，他還不知恐懼為何物，我卻是知道的，我開始恐懼自己有沒有交錯？

我把他交給馬路，我要他遵守規矩沿著人行道而行，但是，匆匆的路人啊，你們能夠小心一點嗎？不要撞到我的孩子，我把我至愛的交給了縱橫的道路，容許我看見他平平安安的回來！

我不曾搬遷戶口，我們不要越區就讀，我們讓孩子讀本區內的國民小學而不是某些私立明星小學，我努力去信任自己國家的教育當局，而且，是以自己的兒女為賭注來信任的——但是，學校啊，當我把我的孩子交給你，你保證給他怎樣的教育？今天清晨，我交給你一個歡欣誠實又穎悟的小男孩，多年以後，你將還我一個怎樣的青年？

他開始識字，開始讀書，當然，他也要讀報紙、聽音樂或看電視、電影，古往今來的撰述者啊！各種方式的知識傳遞者啊！我的孩子會因你們得到甚麼呢？你們將飲之以瓊漿，灌之以醍醐，還是哺之以糟粕？他會因而變得正直忠信，還是學會奸猾詭詐？當我把我的孩子交出來，當他向這世界求知若渴，世界啊，你給他的會是甚麼呢？

世界啊，今天早晨，我，一個母親，向你交出她可愛的小男孩，而你們將還我一個怎樣的呢！

小蜥蜴如何藏身在草叢裡的奇觀

我給小男孩請了一位家庭教師，在他七歲那年。

聽到的人不免嚇一跳：

「甚麼？那麼小就開始補習了？」

不是的，我為他請一位老師是因為小男孩被蝴蝶的三部曲弄得神魂顛倒，又一心想知道螞蟻怎麼回家；看到世上有那麼多種蛇，也使他歡喜得著了慌，我自己對自然的萬物只有感性的歡欣讚嘆，沒有條析縷陳的解釋能力，所以，我為他請了老師。

有一張徵求老師的文字是我想用而不曾用過的，多年來，它像一罈忘了喝的酒，一直堆棧在某個不顯眼的角落。春天裡，偶然男孩又不自覺的轉頭去聽鳥聲的時候，我就會想起自己心底的那篇文字：

我們要為我們的小男孩尋找一位生物老師。

他七歲，對萬物的神奇興奮到發昏的程度，他一直想知道，這一切「為甚麼是這樣的？」

我們想為他找的不單是一位授課的老師，也是一位啟示他生命的奇奧和繁富的人。

他不是天才，他只是一個好奇而且喜歡早點知道答案的孩子。我們尊重他的好奇，珍惜他興奮易感的心，我們不是富有的家庭，但我們願意好好為他請一位老師，告訴他花如何開？果如何結？蜜蜂如何住在六角形的屋子裡？蚯蚓如何在泥土中走路吃飯……他只有一度童年，我們急於讓他早點享受到「知道」的權利。

有的時候，也請帶他到山上到樹下去上課，他喜歡知道蕨類怎樣成長，杜鵑怎樣紅遍山頭，以及小蜥蜴如何藏身在草叢裡的奇觀……

有誰願意做我們小男孩的生物老師？

小男孩後來讀了兩年生物，獲益無窮，而這篇在心底重複無數遍的「徵求老師」的腹稿卻只供我自己回憶。

尋人啟事

我坐在餐桌上修改自己的一篇兒童詩稿，夜漸漸深了。

男孩房裡的燈仍亮著，他在準備那些考不完的試。

我說：
「喂，你來，我有一篇詩要給你看！」
他走過來，把詩拿起來，慢慢看完，那首詩是這樣寫的：

尋人啟事

媽媽在客廳貼起一張大紅紙
上面寫著黑黑的幾行字：
茲有小男孩一名不知何時走失
誰把他拾去了啊，仁人君子
他身穿小小的藍色水手服
他睡覺以前一定要唸故事
他重得像鉛球又快活得像天使
滿街去指認金龜車是他的專職
當電扇修理匠是他的大志
他把剛出生的妹妹看了又看露出詭笑：

「媽媽呀，如果你要親她就只准親她的牙齒。」
那個小男孩到哪裡去了，誰肯給我明示？
聽說有位名叫時間的老人把他帶了去
卻換給我一個國中的少年比媽媽還高
正坐在那裡愁眉苦臉的背歷史
那昔日的小男孩啊不知何時走失
誰把他帶還給我啊，仁人君子。

看完了，他放下，一言不發的回房去了。第二天，我問他：

「你讀那首詩怎麼不發表一點高見？」

「我讀了很難過，所以不想說話……」

我茫然走出他的房間，心中悵悵，小男孩已成大男孩，他必須有所忍受，有所承載，我所熟知的一度握在我手裡的那一雙小手有如飛鳥，在翩飛中消失了。

僅僅只在不久以前，他不是還牽著妹妹的手，兩人詭祕的站在我的書房門口嗎？他們同聲用排練好的做作的廣告腔說：

好立克大王
張曉風女士
請你出來
為你的兒子女兒沖一杯好立克

這樣的把戲玩了又玩，一杯杯香濃的飲料喝了又喝。童年，繁華喧天的歲月，就如此跫音漸遠。

有一次，在朋友的牆上看到一幅英文格言：

「今天，是你生命餘年中的第一日。」

我看了，立即不服氣。

「不是的，」我說，「對我來講，今天，是我有生之年的最後一天。」

最後一天，來不及的愛，來不及的飛揚，來不及的期許，來不及的珍惜和低迴。容我好好愛寵我的孩子，在今天，畢竟，在永世永劫的無窮歲月裡，今天，仍是他們今後一生一世裡最最幼小的一天啊！

——《我在》，爾雅

作者簡介

張曉風

一九四一年生，江蘇銅山人。得過吳三連文藝獎、中山文藝創作獎、國家文藝獎，當選過十大傑出女青年，曾任教陽明大學、香港浸會大學、東吳大學，現已退休，從事寫作及公益事業。她編、寫戲劇、雜文、散文，然而真正呈現她面貌的，應是她的散文，可用學者的深度細讀，因它那麼深刻；也可以用孩童的天真翻閱她的散文，因它是那麼淺明。在創作之外，她堪稱是個「感性的，且不露聲色的文評家。」著有散文集《步下紅毯之後》、《玉想》、《從你美麗的流域》、《這杯咖啡的溫度剛好》、《星星都已經到齊了》等卅多種，主編《中華現代文學大系》散文卷、《小說教室》等。

近幾年來張曉風身體力行投身環保運動，文友們和她一塊吃飯，都知道要把剩菜帶走，不可浪費食物，而且她總是從布包裡拿出自備的塑膠袋；開會時她拿出的發言稿，經常是寫在使用過的資料背面，密密麻麻，連個小紙頭也不浪費。同時她也和余光中先生一起參與「搶救國文教育聯盟」，為提升下一代學子的中文程度奉獻心力。

作品導讀

純真孩童如何面對複雜社會？

對一個母親來說，孩子的每一個階段都值得記錄，本文寫的是小孩接受教育的第一天，也可以說是啟蒙的第一天，做母親的又喜悅又誠惶誠恐的複雜心情。

上小學的第一天，標誌著從無知邁向有知、從獨行變成友儕同行的過程，而這一類的題材往往是作者書寫自身的經驗，也許是開學前一天望著摺疊整齊的嶄新制服，興奮地睡不著覺；也許是第一堂課，坐在陌生的教室裡，看著身邊陌生的老師、同學，害怕得連放聲大哭都不敢；也許是放學回家，纏著廚房裡做菜的媽媽，告訴她今天王小明尿褲子、張美華上課愛講話被罰站……，而本文卻捨棄自身經驗，從一個母親的心情來書寫，讓這一類的題材有了全新詮釋的角度。

這個母親，知道世界是甚麼樣子，馬路如虎口、某些人奸猾詭詐；這個母親，知道成長的痛苦，功課壓力、團體活動、自我實現，都是難題；這個母親，把每一天當作有生之年的最後一天，她不要有來不及的愛、來不及的期許、來不及的珍惜，她要好好愛寵她的孩子，每一天都當做孩子初上學的那一天，她，交給這個世界一個孩子。

張曉風的散文風格大多古典明麗，但本文卻曉暢易讀，也許，面對如白紙純真的孩子，做母親的心情便也清朗明亮，印證了張曉風的散文「淡時有淡味，濃時有濃情」的獨特風格。

白紙的傳奇

王鼎鈞

雖然寫滿了字，
每個字的筆畫很清晰，
筆畫間露出雪白耀眼的質地。
白色的部分也是筆畫，
可以組成另一句話，
那是：「生命無色，命運多采。」

大約在我出生前一年，父親到上海謀職。那時上海由一位軍閥占據，軍閥下面有個處長是我們臨沂同鄉，經由他們推薦，父親做了那個軍閥的祕書。

那時上海是中國第一大埠，每年的稅收非常多，加上種種不法利得，是謀職者心目中的金礦寶山，父親能到那裡弄得一官半職，鄉人無不稱羨，可是，據說，父親離家兩年，並沒有一批一批款項匯回來，使祖父和繼祖母非常失望。

大約在我出生後一年，那位軍閥被國民革命軍擊敗，父親在亂軍之中倉皇回家，手裡提著一支箱子。那時，手提箱不似今日精巧，尺寸近似十九吋電視機的畫面，厚度相當於一塊磚頭，這支箱子是他僅有的「宦囊」。

箱子雖小，顯然沉重，鄉人紛紛議論，認為這支隨身攜帶的箱子裡一定是金條、甚或是珠寶。一個龐大的集團山崩瓦解之日，每個成員當然抓緊最重要最有價值的東西，上海不是個尋常的地方啊，伸手往黃浦江裡撈一下，抓上來的不是魚，是銀子。鄉下小販兜售的餅乾，原是上海人拉出來的大便！

可是，我家的經濟情形並沒有改善，依然一年比一年「緊張」，遣走使女，賣掉騾子，把靠近街面的房子租給人家做生意。鄉人佇足引頸看不到精采的場面，也就漸漸的把那支手提箱忘記了。

我初小結業，升入高小，美術老師教我們畫水彩，我得在既有的文具之外增添顏料和畫圖紙。這時，父親從床底下把那支箱子拿出來。箱子細緻潤澤，顯然是上等的牛皮。

他把箱子打開。

箱子裡裝的全是上等的白紙！

那時候我們的學生使用兩種紙，一種叫毛邊紙（我至今不知道這個名字的來歷），米黃色，纖維鬆軟，只能用毛筆寫字，還有一種就是今天的白報紙，那時叫新聞紙，光滑細密，可以使用鋼筆或鉛筆。那時，「新聞紙」已經是我們的奢侈品。

父親從箱子裡拿出來的紙是另一番模樣：顏色像雪，質地像瓷，用手撫摸的感覺像皮，用手提著一張紙在空氣中抖動，聲音像銅。這怎會是紙，我們幾曾見過這樣的紙！那時，以我的生活經驗，我的幻想，我的希冀，突然看見這一箱白紙，心中的狂喜一定超過看見了一箱銀圓！

當年父親的辦公室裡有很多很多這樣的紙。當年雲消霧散，父親的那些同事分頭逃亡，有人攜帶了經手的公款，有人攜帶了搜刮的黃金，有人拿走了沒收的鴉片，有人暗藏銀行的存摺。父親甚麼也沒有，特別打算甚麼也不帶。

他忽然看見那些紙。

做一個讀書人，他異常愛紙。這些在家鄉，難得一見的紙。緊接著，他想到，孩子長大了也會愛紙、需要紙，各種紙伴著孩子成長。而這樣好的紙，會使孩子開懷大笑。他找了一支手提箱，把那些紙疊得整整齊齊，裝進去。

在兩個三代同堂、五兄弟同居的大家庭裡，繼祖母因父親失寵而嫌惡母親，可是母親對父親並沒有特別的期望。母親當時打開箱子，看了，撫摸了，對父親說：「這樣清清白白，很好。」他們鎖上來箱子，放在臥床底下，誰也沒有再提。

倏忽七年。

七年後，父親看到了他預期的效果。我得到那一箱紙頓時快樂得像個王子。由於紙好，畫出來的作業也分外生色，老師給的分數高。

高小只有兩年。兩年後應該去讀中學，可是那時讀中學是城裡有錢人的事，父親不能負擔那一筆又一筆花費。他開始為我的前途憂愁，不知道我將來能做甚麼。但是，他不能沒有幻想，他看我的圖畫，喃喃自語：「這孩子也許能做個畫家。」

我用那些白紙摺成飛機，我的飛機飛得遠，父親說：「他將來也許能做個工程師。」

我喜歡看報，儘管那是一個多月以前的舊報。我依樣畫葫蘆自己「做」了一張報紙，頭條新聞用安徒生的「國王的新衣」，大邊欄用司馬光打破水缸。這又觸發了父親的幻想：「這孩子將來也許能編報。」

有一次，我帶了我的紙到學校裡去炫耀，一張一張贈送給同班同學，引起一片歡聲。父親大驚：「難道他將來做慈善事業？」

父親也知道幻想終於是幻想，他用一聲嘆息來結束。這時，母親會輕輕的說：「不管他做甚麼，能清清白白就好。」

清清白白就好。我聽見過好多次。

現在，我的母親逝世五十年了，父親逝世也將近十六年了，而我這張白紙上已密密麻麻寫滿了幾百萬字。這幾百萬字可以簡約成一句話：「清白是生命中不可忍受之輕，也是不可承受之重。」

雖然寫滿了字，每個字的筆畫很清晰，筆畫間露出雪白耀眼的質地。白色的部分也是筆畫，可以組成另一句話，那是：「生命無色，命運多采。」

——《葡萄熟了》，大地

作者簡介
王鼎鈞

一九二五年生，山東臨沂人。抗戰時流亡到大後方投入李仙洲將軍創辦之國立第二十二中學，輾轉安徽、河南、陝西各地，初中畢業即輟學從軍，經瀋陽、天津、上海到台灣。幼年受沈從文作品影響，立志寫作；又受夏丏尊影響，立志幫助文學青年。一九四九年來台，考入張道藩創辦之小說創作班，受王夢鷗、趙友培、李辰冬諸先生調教，奠定基礎，終身自學不息，力行不懈。詩、散文、小說、劇本及評論各領域均有涉入，最後自己定位於散文。已出版散文集《開放的人生》、《人生試金石》、《文學種籽》、《左心房漩渦》、《昨天的雲》、《怒目少年》、《關山奪路》等。曾任職中廣、中視，亦先後主編《台北掃蕩報・副刊》、《台北公論報・副刊》、《徵信新聞報・副刊》、《中國語文》月刊。先後在中國文化學院、國立藝術專科學校、世界新聞專科學校講授新聞報導寫作及廣播電視節目寫作，亦為各種文藝營、寫作研習會上深受歡迎之講座，對創作風氣、文學欣賞影響廣遠。

一九七八年應西東大學之聘赴美，任職雙語教程中心，退休後定居紐約，仍創作不輟。二〇〇一年，爾雅出版社出版他的選集，名曰《風雨陰晴》，此書顯現了王鼎鈞散文之多面風格及特色。曾獲行政院新聞局圖書著作金鼎獎、時報文學獎散文推薦獎、吳魯芹散文獎等多項肯定。

作品導讀

也是人的傳奇

王鼎鈞的散文文字精鍊，風格多樣，無論抒情、說理都極為出色，不但勵志小品寫得出色，感性文章更是動人，他少小離家，對故土家園有揮不去的思念情懷，他把這樣的心境用筆記錄下來，寫出了讓不少人感動落淚的抒情散文。王鼎鈞曾說他精鍊的文字來自早年在報館當主筆寫方塊的訓練，也因為這種字句必較的精簡，讓他寫不來必須仰仗鋪陳來營造氣氛的小說，不能寫小說並不表示不能說故事，這篇短文的故事便說得極好。

他的父親在兵荒馬亂、軍閥潰敗中，提了一支箱子回到老家，鄉人猜測那箱子裡是金條、是銀元、是珠寶，或是經手的公款、值錢的鴉片，結果過了七年，謎底揭曉，是一箱紙，上等的白紙。白紙不能改善家計、不能致富、不能發財，但是對一個異常愛紙的讀書人來說，這箱紙是珍寶。看孩子使用那些白紙，做父親的心裡想，將來這孩子可以當畫家、編報、做工程師，就算是孩子拿到學校炫耀，隨意送人，父親也幻想孩子將來可以當慈善家，這時母親淡淡說一句，「清清白白就好」。黃金非寶書為寶，古聖今賢不都這麼說？王鼎鈞記著父母的教誨，他這張白紙上寫滿了幾百萬字，每個字都清清白白的。

寫了大半輩子，王鼎鈞最念念不忘的是他一直要寫的回憶錄，目前這部回憶錄已經出版了三冊，最後一冊，王鼎鈞要寫他在台灣看到了甚麼、學到了甚麼和付出了甚麼，王鼎鈞要用這部回憶錄顯示那一代中國人的因果糾結，生死流轉。白紙的傳奇，也是王鼎鈞傳奇的一部分。

山

陳冠學

天雖是高而廣，
在她的眼目裡，
只是抽象的虛影，
一點兒也不實在。
山才是她所見世界惟一實在的「大」，
因此山攫引了她的眼目。

老家在偏僻的山腳邊，不是五光十彩的都市，而是天造地設一色綠的山野。小女兒剛回來，第一個最攫引她的便是東邊的山，尤其是那高出一切的南北太母，只要是空曠無遮蔽的地方，一定東顧看山。也許山是天地間她所見到超出一切、無匹類的、獨特的崇偉實體；天雖是高而廣，在她的眼目裡，只是抽象的虛影，一點兒也不實在。山才是她所見世界惟一實在的「大」，因此山攫引了她的眼目。

一天，雲靄遮蔽了山，小女兒驚訝地問：

「爸爸，山哪裡去了？」

真是世界第一件大事，世界獨特的大，怎會不見了？可能哪裡去了呢？

「你說呢？」

小女兒思索了片刻，興奮地說：

「山玩去了！」

「是的，山大概到東海邊玩去了！」

「他回來時，會不會帶糖果給我呢？」

「山公公也許記得，也許會忘記了。」

「山公公不會忘記的，他是我的好朋友啊！」

第二天，雲靄散了，小女兒歡呼著：

「爸爸，山回來了！」

可是她早忘了糖果的事，她看到山只是歡喜。

「爸爸，我們去看山公公！」

「單是我們父女，是不能去的，那要跟幾位叔叔準備好了才能去。」

「不嘛！騎機車去！」

「那只看得到山寶寶，看不到山公公。」

「好嘛！先看山寶寶，待爸爸約好叔叔們，再去看山公公！」

於是老父載了小女兒到了山腳下，小女兒摸摸山崖說：「山寶寶乖！」

小女兒滿意了，我們就順坡地回家來，一路上還時時停下來讓她拿手指頭去觸觸路邊的含羞草，見著羽葉合閉，她心裡覺得好神奇啊，她將含羞草當害羞的小姑娘看待。

回來後，一天，小女兒在庭中玩，忽然問：

「爸爸，有沒有山種子？」

「甚麼呀？」

「山種子呀！有山種子的話，在庭裡種一顆，庭裡就會長出山來了，我要跟山寶寶玩！」

老父撫摸著小女兒頭頂說：

「乖！」

一天午後，父女倆散步來到了一條高壠上，坐下來看山。老父喜歡看襯著晴天的嶺線，由北而南，劃成一條起伏無定近百公里柔和的山稜，非常的美，小女兒也不停地讚美。最後老父收回視線，歸結在南北太母的最高稜線上。

「山頂上有整排的樹，一棵棵明朗朗的，看到沒有？」說著老父指給小女兒看。

「看到了，爸爸，像一把把雨傘。」

「是啊，山上有許許多多的樹，它們是山公公的傘，日來遮日，雨來遮雨。」

「爸爸不是說，貪心的人把樹都砍光了嗎？」

「是啊，在更北方，貪心的人把山上的樹都砍光了。」

「可憐的山！日來就沒有樹遮日，雨來就沒有樹遮雨了。他們年紀大不大？」

「都很大了，都是山公公啊！」

「他們都怎樣了？」

「山公公的皮被日頭曬裂了，被雨水沖掉了，都見到赤精精的肉了。」

「好可憐的山公公！」

停了好一會兒，小女兒憂傷地問：

「山會死去嗎？」

「是的，遲早都會死去。」

於是小女兒拉了老父的手，低著頭無力地說：

「爸爸，我們回去罷，不要看山了！」

見著小女兒小小的心靈裡有了陰翳，老父很覺得難過；可是等到第二十九號沿山大馳道開闢，這一條山嶺生機就要日斷了，到那時就連南北太母也要死去，這是事實啊！

第二天，小女兒早忘了昨日的事，老父載了她到市鎮去，要坐火車到大城市看有好多層旋轉電梯的大百貨公司，一路上她一直跟山揮手、說話。

「爸爸，山也跟著我們跑呢！」

她好高興喲！

「再見！我們晚上就回來了，再見！」

到了高雄，她看見了打鼓山，驚喜地直拍手說：

「爸爸，山也來了！」

「嗯，山也來玩了！」

小女兒跟打鼓山揮手說：

「不要貪玩呵！天黑前要回家，不要走迷路呵！」

晚上回家，小女兒一直耽心山迷了路回不來，一路往東邊看，星夜又看不清。

第二天，看見山仍好好兒在那裡，她好高興，喊著：

「爸爸，山回來了！」

——《父女對話》，三民

作者簡介

陳冠學

一九三四年生，屏東新埤人。台灣師範大學國文系畢業，曾擔任教職，輾轉於初中、國中、高中、專科學校達十一所之多。並主持過高雄三信出版社，一九八一年辭去教職，避居高雄澄清湖畔，隔年搬回屏東大武山下的萬隆村老家，於二〇一一年七月六日病逝。曾獲時報文學獎散文推薦獎、吳三連文藝獎。陳冠學三十歲前曾試寫散文，後皆輟筆毀棄，四十七歲又恢復創作。關於他的著作，散文有《田園之秋》、《父女對話》、《訪草》、《象形文字》等書，筆鋒常帶熱愛這塊土地的一股熱情，足以教人讀來心情激動而掩卷，久久不能自已。

寫《田園之秋》的陳冠學在躬耕生活，自給自足，安貧又樂道的田園之中，拋去現代文明的枷鎖，以體會莊子所言的「天人合一」的境界，並恣意地享受純淨的生命，連他的女兒都摒棄世俗的成長方式，和他一起遠離塵囂，如此獨特的教育方式讓這篇「父女對話」有了一個獨特的視野。

作品導讀

童言童語展現環保議題

在那智慧未開的年紀，童言童語是很尋常的現象，有些是無意義的呢喃，或是加強語氣的字尾疊字，如爸比、糖糖，但有些是以孩子能理解的方式來認識世界，譬如說「太陽公公哭了」。本文雖然有許多童言童語，但父親不以大人的方式強迫小孩從大人的眼光理解事物，反而以引導的方式來讓小女兒認識世界。文中的小女孩從五光十彩的都市來到一色綠的山野，對於大自然，小女孩所知有限，當雲遮住山，小孩看不見山時，問爸爸，山到哪裡去了，爸爸不直接回答，讓小女孩自己得出「山玩去了」的結論，等到第二天雲散了，山又出現了，小女孩說，山又回來了。在這個尋找山公公或山寶寶的遊戲裡，小女孩和自己的生活經驗結合，出去玩要記得回來、不要貪玩、不要迷路，小女孩殷殷的叮嚀彷彿家人曾經對自己的囑咐。

珍惜自然環境而以身作則、身體力行的陳冠學，在這篇認識山的父女對話中，也加入了對環保議題的關心，爸爸對小女孩說，樹是山公公遮日遮雨的傘，但貪心的人把樹砍光了，於是山公公的皮被晒裂了，被雨水沖掉了，從小女孩發現砍樹會導致山的死亡，而在小小心靈裡有了陰影，小女孩將來會知道愛護山是多麼重要的工作，用這種淺顯而生動的方式讓孩童了解環保的重要，從《田園之秋》到《父女對話》，陳冠學的苦口婆心真令人動容啊！

土塊厝

丘秀芷

又見荔枝上市了，
看到這南國美食，
便想起那土塊厝。
厝前有株丈來高的荔枝樹，
每年端陽前後，
就已垂實纍纍朱紅欲滴的。

又見荔枝上市了，看到這南國美食，便想起那土塊厝。厝前有株丈來高的荔枝樹，每年端陽前後，就已垂實纍纍朱紅欲滴的。

那土塊厝成英文字母L形，直排五間並連，橫排另加出去兩間，屋後另有豬舍和茅廁。拿現在的話來說，有四大房、兩大廳、一廚一廁、外加豬舍和百多坪院子，當然是「大」房子。但當我高中住進這土塊厝時，卻一千個不願意、一萬個不舒服。

這房子是泥磚砌成的。每塊泥磚足足有尺多寬，近兩尺長，厚度半尺，打平的砌牆，因此牆壁有一尺來厚。屋頂的梁椽有木頭也有竹子，上頭覆蓋的茅草已成黑褐色。牆壁也被雨水沖刷得這裡凹進一塊，那裡打了一個洞。尤其牆腳，到處是老鼠的「傑作」。屋頂的茅草雖然七八寸厚，可是年久失修，又沒有天花板，下起雨來，常是屋外下大雨，屋內這兒那兒滴水。

竹篾編的大門，從來不上鎖，小偷絕不會跑來這兒；就是會來，那竹門一踢就破，鎖了也是白鎖。窗子是竹窗，框框用大竹子，「窗門」是推出去的那種，也是竹篾編的。客廳只有兩個小窗，光是竹框，沒有竹篾板，下大雨、颳大風或天冷時，就用痲袋頂住窗口。

廚房的屋頂不是茅草的，而是大竹子對剖，然後並排對扣而成。竹屋頂簷下打橫有一剖開向上的竹子接流到簷下的水。下雨天，流出來的水出口處放一水缸，這「天來水」是我們日常食用水的來源之一。因為，這房子是在荒原中孤零零獨立著，屋後田溝兩星期才輪溉一次，水又濁黃得很，不如「天來水」清澈。地勢高亢，又沒法子打井。

沒自來水，也沒有電燈。我們用油燈。讀書、吃飯時用大油燈，平時則用小燈盞。常常看到「飛蛾撲火」的畫面。除了飛蛾，更多小螟蟲。好玩嗎？一點也不！吃飯時有小蟲來湊熱鬧，夜讀時也有成群結隊的小東西來騷擾，只有苦惱和悲哀。

如果說：從小就出生在這種環境倒也習以為常；如果說：同班同學都住這種房子，自己也就沒甚麼「了不起」，卻都不是。我們家是從最熱鬧的地方，一直往鄉間偏遠地區搬，最後搬到這「荒原」中，過著半原始的生活。同學們知道我居然搬到一個沒自來水、沒電燈的「遺世獨立」的茅屋，都十分羨慕的說：「那是陶淵明的境界！」真是飽人不知餓人飢。

初到這「陶淵明世界」，連洗澡間都沒有。不能在屋內，因為地都是泥巴地，頭一個洗後，等第二個洗就不知如何下腳了；只有在屋外用草袋圍成一個露天的圈圈，地上也鋪草袋，頭一晚洗澡，天上月色正明亮，「中天月色好誰看」！真不知是何滋味。

後來大哥才在廚房牆角，抹一塊半個榻榻米大的水泥地，水流向外頭水溝，這，是我們家唯一抹上水泥的地方。

冬天，風從牆洞、窗戶、門縫、簷下四面八方吹來，於是草袋、破麻袋大出籠，這裡頂一塊，那裡掛一塊。雖然是暖和了，可是整個屋子更顯得破爛。

夏天是夠涼快，但也很「痛」快，因為四周蚊蚋全進了屋內。念書時，一手揮著椰子扇趕蟲兒，一手寫功課，字能寫得工整才奇怪。

我曾跟學校裡同學訴說我家蚊子之兇之可惡，同學有的叫我買蚊香，有的獻「妙計」說：吹電扇可以趕蚊子。我怎麼說？我能告訴她們：我家連油燈的油都常向小店賒欠，哪能買蚊香？更何況吹「電」扇？

有的勸我：「你不會叫你父親裝上紗門、紗窗嗎？」

紗門？連木頭門都做不起呢！就是裝上了，牆壁窟窿到處都是，蚊子照樣來去自如，除非整個房子大翻修。可是，我們所僅有的一點錢都花在培育果樹上。看那些果樹日漸茁長，對眼前的苦，倒也甘之若飴。但是，就住在土塊厝兩年後，卻遇到八七水災。

那天，颱風並不算最強烈，但是吃過早飯後，幾乎就在那麼一剎那之間，全屋子就在「水域」中，而且一下子深及膝蓋。我在想：連我們這無法打井的高亢地區都進了水，那地勢平坦的地區豈不更糟？不過，也沒有時間容我去想別人，因為水不是「靜」的，而是急流似的從屋後流進屋裡，再從屋前奔向前去。我們那原已被老鼠啃得很可以的牆壁，隨時有被急流沖坍的可能。父親和弟弟穿起簑衣冒大風大雨出去，想攔上面的水，可是沒一會兒垂頭喪氣的回到屋內，因為淹水已是全面的，無從攔起。我們只好全家集中在直排五間房中間的大客廳，想著：房子要坍該會從兩邊坍吧！

挨著、挨著，數小時過後，風停了，雨小了。再隔一小時，水不再進屋子，退了；屋前的花草又露出水面，已加上一層泥漿；遠處旱溪那邊水聲卻嘩啦嘩啦，如萬馬奔騰。父親憂愁的說：「旱溪！旱溪！以前就是水非常少，所以叫旱溪；如今旱溪的水聲都這麼可怕，不知要造成多大災害？」

我們也沒時間去留心別人，自家果園的果樹，被拔掉十之七八，也不知是風拔的，還是水拔的，大家欲哭無淚。但是仍然打起精神，把家中草草整理個大概，就去園中，看樹根還大致完整的，就種回土裡去。屋前原種兩株荔枝，一株已被水沖走了。剩下那一株幾乎是「躺」著，我們再把它扶好種好。

園裡弄得差不多（幸好是暑假中），我們才留心到周遭所有的人，這才知道「八七」

在中部造成空前未有的水災。河床改道，許多良田流失變成沙礫地，多少房屋倒塌，火車也中斷好些時日，人也死傷許多。我們的土塊厝居然沒有倒，真是奇蹟。拜地勢較高之賜吧！

從此以後，我不再嫌這土塊厝了！它能在大水大風中屹立，可見得還十分牢固。屋前倒下又種回去的荔枝，不久之後又欣欣向榮。母親常在那棵樹下工作，結草結子（柴火）、剁蝸牛、剁豬菜，再也不會被夏日炎陽晒得半焦。

我高中畢業後，北上做事、求學；住在外頭，更魂牽夢縈那寬敞寧靜的「土塊厝」。每年過年，我一定回去，而各已成家立業的兄姐們也都攜兒帶女回來，把幾個房間大床鋪擠得滿滿的，吃飯時開兩大桌，其樂融融。

這屋子的屋頂加蓋瓦片了，牆壁也補平了，而且由於鄰近地區發展迅速，我們的土塊厝有了自來水，也有了電燈，住起來更舒適。我婚後，也常回去看。一直想：等我的孩子出生後，每年寒暑假帶他們來這兒，過過美好的鄉居生活。尤其夏日，在荔枝樹下，直接摘果入口，豈不愜意？

卻忘了一個事實：那塊地並不是我們家的。當初，那塊地的主人因為地處荒野中，沒有甚麼價值，讓我們去住、去開墾。但是，十多年過去，附近成為新興社區，地價飛漲之後，原地主向我們要回去要蓋住宅、蓋公寓！

在那兒出生成長的姪兒告訴我：當他看到推土機把土塊厝敉為平地時，眼淚忍不住掉下來。我聽到後也直想哭！這土塊厝，經過那麼多年大風大雨的侵襲，我們先以為它岌岌不可保，但是它始終安然無恙！誰知它最後竟然是倒在機械「怪獸」的腳下！雖然，它已不復存在，可是，我這一輩子永遠懷念：那曾庇護我們度過無數風雨的土塊厝。

——《悲歡歲月》，大地

作者簡介

丘秀芷

本名邱淑女，一九四〇年生於中壢。世新專科學校（現為世新大學）編採科畢業。曾任中學教師、行政院新聞局顧問、中國婦女寫作協會理事長。喜歡音樂、古文物和大自然。一九六二年開始寫作，寫過許多不同性質的專欄，出過不同題材的專書。曾以《悲歡歲月》獲國家文藝散文創作獎；《剖雲行日——丘逢甲傳》獲中山文藝傳記文學獎。著有《丘逢甲傳》、《留白天地寬》、《遲熟的草莓》、《我的動物朋友》、《亮麗人生》等作品十餘部。

寫作的丘秀芷，也是大食人間煙火的藝文工作推動者，她在任新聞局顧問期間，為文藝界做了許多開風氣的活動，譬如為資深作家做專訪、寫報導，帶視障樂團到歐洲表演，請作家到校園演講等等，也是因為她勤於走訪各地，在她的散文作品中就有很多和作家相關的事件，不只有散文的藝術性，更有保存文壇典故的史料價值。

作品導讀

原始與文明的角力

台灣早年建築材料相當昂貴，民家的住宅，常是配合主人的經濟環境興建的，許多人家的屋牆用竹管為柱，竹片編織成壁，再塗上一層泥土石灰；也有把泥土加入稻草攪和後，印成塊狀的土角，用來堆砌成牆壁的。土塊厝之優點為隔熱性強，所以冬暖夏涼，清爽舒適，又可就地取材，節省許多建材費用。缺點為怕水，因此有人在土塊厝外面覆以稻草或覆瓦衫，或表面塗以石灰，防止淋雨。筆者的南投老家對面就有幾間土塊厝，在九二一大地震時，許多水泥、鋼筋搭建的房子都半倒或全倒，那幾間土塊厝卻毫髮無傷，直到最近地主才拆了它們，改建為鐵皮屋。

丘秀芷的散文文字樸質，以事取勝，本文正是一例，她所取材的土塊厝距今超過半世紀，八七水災的發生更是在我們出生之前，那種被同學戲稱為「陶淵明境界」的生活是甚麼樣子呢，讀書吃飯用大油燈，平時則用小燈盞，作者說「好玩嗎？一點也不！吃飯時有小蟲來湊熱鬧，夜讀時也有成群結隊的小東西來騷擾」；天是夠涼快，但也很痛快，因為四周蚊蚋全進了屋內，可是這樣原始、簡陋的土塊厝卻在世紀大水災中安然屹立。

土塊厝多半是五十年以前鄉村的主要建材，有的甚至是上百年；換句話說已經可以算是古蹟了。這種彷彿寫著先民的歷史、傳承著先民早期建立家園的辛苦之特有建築，現正一一的流逝掉，也就等於是流失掉我們的文化，丘秀芷住過的土塊厝避過多次大風大雨，卻毀於經濟建設，發展好還是不發展好？對於作者來說，那種不勝唏噓已經掩於字裡行間。

父親回家時

詹宏志

果然，
隔壁臥房的榻榻米上，
一床紅被面的厚棉被裹著一個聳起的人形，
不遠處的矮几上，
一只木頭菸灰缸已經醒目擺在那裡，
這一切跡象都說明，
父親在昨天夜裡某個時候，
已經回來了。
我應該高興還是害怕？

依稀有一股累積的尿意壓迫，我悠悠醒轉，睡意仍濃，卻發現天已經亮了。我躺在床上掙扎著要不要起床，卻突然感覺到家裡瀰漫一種異常謹慎的氣氛；從門外交織穿梭的輕微腳步聲，我察覺媽媽和阿姨的腳步都比平日輕細而小心。

心裡凜然一驚，我立刻翻身爬起來，躡手躡腳走到紙門旁邊，輕輕拉開一條細縫，向另一個房間張望。果然，隔壁臥房的榻榻米上，一床紅被面的厚棉被裹著一個聳起的人形，不遠處的矮几上，一只木頭菸灰缸已經醒目擺在那裡，這一切跡象都說明，父親在昨天夜裡某個時候，已經回來了。

我應該高興還是害怕？

也許應該害怕。父親倒是不曾對我們疾言厲色，他永遠只是坐在炭爐旁，帶著微笑，默默抽著菸，旁邊放著只有他回來才會拿出來的木頭菸灰缸，還有一杯永遠會被添滿茶水的專用茶杯。但這一段時間，母親和照顧我們的三阿姨、七阿姨會變得比平常嚴厲，她們好像都怕父親生氣，一面斥喝我們的頑皮，一面用眼角偷偷瞄著父親的表情，但父親永遠只是莫測高深地微笑著。

也許我更應該高興。父親回來總會帶一些糕點或零食給我們，其中最令人興奮的，是一種從台北麗華餅店買回來的小西點，鬆軟的餅皮是誘人的咖啡色，香甜的內餡則是金黃色的奶酥，約莫半個雞蛋大小，一口可以下肚，可是我們都捨不得，一小口一小口地齧咬著，希望這種甜美的享受能夠持久一些。如果父親帶回來的不是麗華的糕餅，有時候也有其他零食，我特別喜歡一種大紅豆裹糖煮成的甘納豆，它和早上配稀飯溼溼的大紅豆不同，它是乾爽的，全身沾滿白色的糖粉，發散著迷人的粉紅色。

父親在遙遠的山區煤礦工作，他既是規劃開採隧道的工程師，又是管理生產與銷售的礦場場長，大部分的時間他要待在山區礦場裡，其他時間他又要奔波於政府機關、投資老闆，以及煤炭買主的酬酢中，幾乎每隔四十天才能回來一次。但奇怪的是，父親從來沒有在我清醒的時間走進家門，每次總在我入睡以後，我都是在某個早上醒來發現情況有異，才知道他回來了。而我也很少看到他離開家門的樣子，也是另一個醒來的早上，家裡的氣氛突然鬆弛了，彷彿警報解除，權威的男主人走了，家裡又恢復母親、阿姨、小孩們平淡的日常生活。

那是四十年以前的事了。在那個安靜平凡的時代裡，相對於街坊鄰人，父親旅行遙遠，交遊廣闊，看到的人和接觸的事，常常超乎我們的想像。當他在家的時候，來訪的客人也流露這樣的不尋常，衣冠楚楚的客人講著優雅的日語，或者帶著各省口音的國語，或者是用詞不沾俚俗的古典台語，有些話題甚至提及遙遠而聞名的人稱以及某些無法想像的數字，父親似乎也都能應對裕如，父親彷彿屬於另一個社交社會，和我們的平凡並未交集。

但這些並不是我關心的事，我更期待的是，遠方的客人帶來遠方的禮物，最奇異的客人帶來最奇異的禮物。當那些操著奇特口音或語言的客人退去，總會留下一包或一籃等待揭曉的神祕之物。它們有時候是我們土包子台灣人完全不知如何料理的南京板鴨、湖南臘肉、金華火腿、上海年糕等（整整要等三十年之後，我的知識才足以讓我明白，我們當年是如何地浪費了這些材料）；但這些禮物也有時候是讓我們雀躍不已的日式餅干或西式糕點，它們的味道總是讓我們回味不已。

有時候，也有一些令我們大開眼界的珍奇怪物，譬如有一次，一位穿著考究西裝的鄉紳，帶來一個圓型魚缸和一包彩色的藥粉，他親自示範，把魚缸裝滿水，將藥粉傾入，藥粉在水底立刻相連膨脹，變成類似珊瑚般的彩色繽紛花叢，一節接著一節。我們小孩子圍著魚缸，看得目瞪口呆。客人離去，那盆珊瑚礁依舊七彩斑斕，在陽光下泛著彩虹光暈。直到幾個月後，那些水中假花才逐漸傾頹褪色，盆水渾濁，失去它的神祕美麗。

父親有時也會帶回來當時仍然很稀罕的白脫牛油，金底藍字的鐵盆，打開來是芳香撲鼻的黯黃色純正牛油；媽媽烤好塗滿牛油的麵包，那味道是神祕、陌生、魅惑難擋。我捧著香噴噴的麵包走到騎樓下，隔壁的小孩聞香而來，伸手說：「分我吃好不好。」我慷慨地撕一大塊給他，兩個人就站在騎樓下吃它，覺得彼此是世界上最要好的朋友；但是有一次，這位最要好的朋友等不及，伸手把整塊麵包都搶走，一溜煙躲到他家裡去，我站在他家門口望著自己空空的雙手，感覺到受背叛的屈辱和憤怒。

父親也有一次帶回來奇怪的東西，大黃底色的紙盒印著棕色的美術字樣，寫著四個大字「南美咖啡」。我打開來，那看起來是一塊很大的方糖，把它放入溫水中，外面一層白色糖粉融去，露出另一層棕色的方塊，再過一會兒，整杯水都變成詭異的棕色，好像是發燒時媽媽煮給我們喝的藥水。但品嚐起來，那是帶著一種奇特香氣的糖水，甜甜的，也有一種苦味。其他小孩都敬而遠之，但我鼓足勇氣，一杯又一杯地嚐著，想像自己經過這一杯苦水的試煉，應該可以更早晉身為大人吧？

父親不在的時候，日子比較和平安寧，家裡小孩太多，媽媽似乎是無法同時弄清楚我們在做些甚麼。這時候，我偷偷打開父親書桌的抽屜，翻出他繪圖用的全套黃銅製圖器械；父親摩挲這些擦得發亮的繪圖器具時，常常驕傲地說：「這是德國製的喔！」但精密而細緻的德製器具又怎樣？我看它們每一枝都有尖銳的筆尖，還有各種調節的螺絲，就覺得這些太適合做我的武器；我把它們和積木或其他鐵尺、沙包排列起來，就成了兩軍對峙的陣仗，再找來幾個枕頭布置成地形起伏的戰場，而德製的各種武器就散落地布署在所有關隘與要塞之中。

我又發現一盒父親小心翼翼用紙包好的沾水筆，一樣有著尖刺的筆頭，我覺得這是再適合也不過的飛鏢了。我在圍棋棋桌上的方格填上數字，拿沾水筆來射，看能得到幾分。父親回來的夜裡，當他在書桌上攤開大張紙繪製地圖，用到沾水筆時，我聽到他一直發出咦、咦的困惑聲，不久之後，他必須起身去尋找另一枝新的沾水筆頭，這個時候，我躺在不遠處的榻榻米上，佯裝熟睡的模樣，深怕有人會問起沾水筆筆尖變鈍的緣故。

父親不在的時候，我接管了他所有的寶貝，並依照我的意志改變所有他的工具的用途；但我內心還是渴望他回來的，他的歸來總會帶回一些外在世界的線索、消息或實物，那就滿足一部分我們對外在世界的想像與渴望。我們就是因此而知道，遠在台北，有一家未曾謀面的餅店叫麗華，那裡有一種糕點，外酥內軟，棕黃相映。

終於在我不滿六歲的某一天，父親疲倦愧疚地搖醒我，帶著我們幾個小孩穿好衣服搭乘一列半夜的火車，等到火車抵達，天色已亮，我們離開家鄉，搬進另一個農村的新家。從此，父親每天坐在家中一張沙發椅上，旁邊一杯茶，還是那只木頭菸灰缸，默默抽著菸或看著書。他不再能帶給我們父親回家的期盼和雀躍，因為他已經病重，不再離開家了。

——《人生一瞬》，馬可孛羅

作者簡介

詹宏志

一九五六年生，台灣南投人。台灣大學經濟系畢業，擁有資深編輯、出版人、電影人、作家等多重身分，以其創意和對文化趨勢、社會經濟問題的精闢見解而聞名，有「趨勢專家」之稱；曾任職於《聯合報》、《中國時報》、遠流出版公司、滾石唱片、中華電視台、《商業周刊》等媒體，已策劃或編輯超過千種書刊，並有十餘本著作包括《兩種文學心靈》、《創意人：創意思考的自我訓練》、《閱讀的反叛：大致與小說有關的札記》、《如何閱讀百科全書》、《詹宏志私房謀殺：謀殺專門店導讀精選》、《人生一瞬》等小說評論和社會趨勢報告。

詹宏志長期作為一個趨勢觀察家、文化產業的領航員、行銷策略的高手、出版與傳播界的創意才子，有多項創舉，如創辦第一家中文網路報《明日報》；創「PC home電腦家庭」在網路上從事新觀念的內容生產發行；成立「城邦出版集團」，目前擔任PC home Online網路家庭董事長。曾於一九九七年獲台灣People Magazine頒發鑽石獎。

作品導讀

莫測高深的傳統父親形象

長於趨勢、為企業領航的詹宏志，這次的作品回到自身，如同他遠遊世界的歷程一般，每一幅地景乍然停格，暈染著光圈，一秒、兩秒，北海道的大雪，尼泊爾牧羊少女的嫣然一笑，彷彿甚麼在逗引著他，他於是也停下來，輾轉思索，他想知道屬於自己的故事。

本文不論是語言文字或內容，都深刻而顯著的表現出了民國三、四十年，台灣鄉鎮的孩童所度過的童年、當代的社會觀念及經濟變化，也在作者三言兩語的敘述中，有了完整的呈現與說明，例如台灣早年父權至上的家庭，單薪為主並且城鄉疏離的狀況，特別是父親的權威，作者不用嚴厲的責罵或冷眼來表現，而使用了「父親永遠只是莫測高深地微笑著」來顯示這名鮮少出現的男子，在年幼孩子心目中的神祕，並且用家中只有在父親回家時會瀰漫著的「異常謹慎的氣氛」，來襯托男人在家中的地位之高、權威之大，木頭菸灰缸和永遠被添滿茶水的專用茶杯，則象徵著家父長的權力，因為家中只有他抽菸，也只有他喝茶不用自己動手。短短幾段文字，作者細心安排了許多暗示，說明家中的情況以及社會觀念，父親回家時，有新鮮物事，如珊瑚礁、金華火腿、西式糕點、白脫牛油還有南美咖啡；父親不在時，日子和平安寧，可以接管父親所有的寶貝，那麼父親回家時，到底「我應該高興還是害怕」？

孩提往事一幕幕，如此鮮明多彩，卻又令人心生疑惑：「這一切都是真的嗎？」詹宏志遠離童年，墜入關於記憶的提問，成人以後，他開始懷疑記憶的真實性，藉由在記憶中搜索過往，詹宏志要建立起自己私密的歷史，而這部個人史就從〈父親回家時〉開始。

楊柳、櫻花與紅葉

廖玉蕙

十三位來自紅葉村的布農族小朋友，
揮動著球棒，
擊敗了一向睥睨國際體壇的日本棒球隊，
也擊出了不可思議的傳奇。
舉國情緒沸沸揚揚，
高燒延續多年，久久不退。
那是自《梁山伯與祝英台》掀起的凌波熱過後，
全台最嚴重、也是最持久的一場快樂傳染病。

民國五十七年春天，屋子右側的幾株櫻花開得異乎尋常的燦爛！我讀書的窗口一片紛紅駭綠，攪得我神魂顛倒。即將在大學聯考的戰場上和人一決雌雄，我卻似乎完全沒有心思念書。白日裡，沉浸在對學校男老師瘋狂的愛戀情緒裡；一到黃昏，沒來由地，體溫便彷彿和西沉的落日頑強抗拒般地竄升；午夜則纏綿地與聯考的噩夢繾綣，無意間聽到母親憂心地和父親低語：

「是要安怎?·安捏，哪考得上大學！」

我置若罔聞，當是說的別人家無關緊要事。屋前一株楊柳，有如向世人昭告青春期來臨般地，只要有風，便四下癲狂地潑灑似雪的楊花。客廳玻璃墊上，一逕白茫茫。那年，我十七歲，和怒放的櫻花、飛揚的楊花般，滿溢著無法言宣的熱情，無論生理或心理。多年後，方才憬悟那場長長的高燒，原來是對花粉的過敏！

發高燒的，原不只我一人，禍首原也並非只有楊樹、櫻花。那時節，台東延平鄉的豔瀲紅葉，才堪稱威力強勁的過敏原，招得台灣島上的子民忽忽若狂。十三位來自紅葉村的布農族小朋友，揮動著球棒，擊敗了一向睥睨國際體壇的日本棒球隊，也擊出了不可思議的傳奇。舉國情緒沸沸揚揚，高燒延續多年，久久不退。那是自《梁山伯與祝英台》掀起的淩波熱過後，全台最嚴重、也是最持久的一場快樂傳染病。

紅葉熱、少棒情，綜合我的花粉熱，那個夏季過得恍惚迷離。七月從考場走出，我的臉色泛白，無論三民主義或是三角幾何都失去了顏色。接下來的黃昏，體溫越來越高，身上的紅斑越來越嚴重，出入醫院的次數越來越頻繁。八月初，榜單出來，沒能考上公立大學，雖不意外、卻仍驚嚇。為了我的虛弱，好強的母親硬生生吞下滿腹的不滿，可無法同時放下對昂貴學費的憂心。三千餘元的學雜費彷若天文數字，九月即將到來，父親四出借貸，形容勞悴，我則順理成章繼續蒼白著臉鎮日歪躺。八月二十五日，父親自外歸來，喜形於色，我當借貸成功，自沙發上欣然躍起，父親氣喘吁吁地宣告：

「贏啦！贏啦！我們打贏日本仔啦！世界野球冠軍的和歌山隊吶！……七比〇，我們紅葉野球實在有夠厲害哦！」

雖然並非預想的大學夢，但是「打敗棒球王國」是何其壯大的殊榮！在那個日日傳播、強調國家民族至上的時代，攸關中華兒女榮耀的巨大喜悅很快掩沒了可能無法註冊入學的失落。因窮困生活而面色經常如霜的母親，那晚綻現了難得的笑靨，在廚房做飯時，竟然幽幽唱起了睽隔已久的日本情歌；下班歸來的二哥，笑吟吟提著切好的鵝肉回來加菜；父親在飯桌上唱作俱佳地形容成功的接殺、盜壘動作，像是親眼目睹一般。那一頓晚飯，一直印象深刻！現實中的困境統統被拋擲到九霄雲外，印證了「以國家興亡為己任、置個人死生於度外」的生命哲學，這在當時的台灣島上絕非特例！

好運接踵而來！「五比一，中華聯隊勝關西」、「五比二紅葉大勝」、「金龍隊揚威美國威廉波特」……中華兒女一路過關斬將，因為棒球，威廉波特成為台灣人認識美國的窗口；因為紅葉隊的傳奇，棒球成為台灣的全民運動；因為棒球的漂亮出擊，台灣擺脫積弱的苦悶，開始大口呼吸、大聲說話。村子裡的孩子紛紛拾起球棒，冀望和睫毛長長的布農族小將一樣，向國際進軍！

也許是紅葉棒球隊帶來的好運，我急欲向世界探觸的夢想，居然在註冊前夕成真，父親終於東拼西湊籌足了學費。在殷殷的叮嚀中，我坐上火車，向夢想飛去。如同紅葉成軍時克難地以砍削木棍為球棒、以生硬柳丁權充棒球，我也以萬分儉省的方式在陌生的台北孜孜求知。而群醫束手的過敏症狀，竟奇蹟似地在異地不藥而癒！父親在寒假將屆之際，來信說：

馬路拓寬，你最喜愛的楊樹很可惜地被砍伐！幸而屋旁的櫻花樹依然欣欣向榮。……還有，聽說日本巨人棒球隊將來台中集訓，到時候，金雞獨立的王貞治也會到我們台中來。

父親的筆觸躍動，好像在字裡行間潛藏許多無名的快樂。

其後的日子，像乘坐快速噴射機，台灣經濟環境一路攀升。婦人邊聽收音機的棒球轉播、邊努力地在家裡或工廠勤做加工；男人則多半像我的父親一樣，在少棒的捷報裡，掩嘴竊笑、奮力打拚；而我和我的同學們，每年夏天總會回到家鄉，徹夜不眠地和家人共守著收音機或電視，關注萬里之遙的棒球賽。中華隊贏了！無論城市或鄉村，鞭炮聲連綿響徹，燈火和爆竹的亮光足以照亮台灣整個夜空；若是傳來失利消息，同仇敵愾者有之、相擁痛哭者也不在少數，凝肅的陰霾幾乎是經月不散地籠罩心頭。有幾年的時間內，台灣人在棒球的號召下，展現了空前的大團結。

多年之後，屋旁的櫻花慘遭鄰近加工出口區潑灑出來的幾桶柏油溺斃，而不知從甚麼時候開始，棒球熱已悄悄降溫。就像我年少時候對世界激烈的探觸熱情，也在不知不覺間日趨平淡。

——《五十歲的公主》，二魚

作者簡介

廖玉蕙

一九五〇年生，台中潭子人。東吳大學中文系、中文所碩士、博士，曾任台北教育大學台灣文化研究所教授，教授現代文學、古典小說及戲曲等課程。曾獲中國文藝協會文藝獎章、中山文藝創作獎、中興文藝獎章及吳魯芹文學獎。著有散文集《不信溫柔喚不回》、《如果記憶像風》、《嫵媚》、《沒大沒小》、《像我這樣的老師》、《公主老花眼》、《大食人間煙火》、《對荒謬微笑》……等，小說集《淡藍氣泡》、繪本書《曾經的美麗》及訪談錄《走訪捕蝶人》等共三十餘冊。作品被選入高中國文課本及多種選集。

廖玉蕙擅長開拓台灣本土社會現狀與生活經驗之新題材、新主題，於戰後中生代散文作家中，堪稱持續創作且維持一定數量與品質的散文作者。在女性作家中，廖玉蕙創作中的幽默諧趣特質與剛柔相濟之路數，更是異質別具，自成一家之體貌，在文字傷感、色彩濃稠、筆調沉重的特質交織的台灣散文風潮中，其圓融輕快、歡喜自在的文風，更顯難得。不知是誰這麼形容廖玉惠，她的生活總是要過三遍，一次是真實發生，一次是講給她先生聽，另一次則是化為文字，其實應該不只三次，至少還有一次是說給好朋友們聽，再有一次則是在演講時當故事說，人生過這麼多次而一樣精彩熱鬧，這就是廖玉蕙。

作品導讀

紛紅駭綠的蒼白少年

散文真實的文類特色，常讓讀者在閱讀時感覺自己進入作者的生活，文中所敘述的就是作者的現實寫照，這對廖玉蕙來說，一點也不困擾，她總是樂於把她自己、父母、姐弟、兒女及學生，邀請到文章中一起真實演出，所以廖玉蕙的散文裡總是十分熱鬧，讀起來感覺笑聲從紙頁中傳來，眼淚透過字裡行間潑濺出來，即使是淡淡的憂心，也彷彿在指間掀頁的當口感染過來。

本文是廖玉蕙笑聲如歌的生活中比較蒼白的一段，原來無可救藥的樂觀主義者也有慘綠的少年，一場莫名的高燒，夾雜在纏綿的大學聯考惡夢裡，飛揚、怒放的楊花、櫻花，雖然絢爛，卻是華麗的魔鬼，讓十七歲的少女日日高燒，日子過得恍惚迷離，聯考成績自也不如預期，私立大學的昂貴學費，成了紅葉少棒進軍世界的舉國歡騰中的一線陰影。確實有那麼一個年代，反攻大陸明顯越來越無望、懷鄉憶舊的情緒得不到紓解、高壓統治下政治與文化雙重封鎖、台灣的國際空間日益壓縮……等因素產生台灣社會普遍的多重苦悶，這種情況下，棒球，尤其是少年棒球意外為這苦悶情緒找到了出路，少棒讓我們有機會去參加、進一步征服全世界，於是也使得棒球成為台灣歷史最久、影響最廣、最受歡迎的國民運動。而在棒球的接連捷報中，台灣的經濟環境也一路攀升，台灣民眾的生活也越過越好，至於十七歲的廖玉蕙探索世界的熱情呢，則隨著年歲滋長益趨平靜。

把個人的命運巧妙的和國家命運結合，真的是「以國家興亡為己任，置個人死生於度外」，這樣的十七歲，還能說寂寞嗎？

山花紅

朱天文

媽媽喜歡白茶花，
冬天院子裡的茶花開時，
媽媽每天剪一枝兩枝來插，
客人離去媽媽也要剪一枝相贈，
不管人家是男生，
愛不愛花，
都贈。
因為她自己喜歡，
好像全天下的人理所當然都應該喜歡。

媽媽喜歡白茶花，冬天院子裡的茶花開時，媽媽每天剪一枝兩枝來插，客人離去媽媽也要剪一枝相贈，不管人家是男生，愛不愛花，都贈。因為她自己喜歡，好像全天下的人理所當然都應該喜歡。古人惜花、愛花，於園中紉紅絲為繩，密綴金鈴繫於花梢之上，每日烏鵲翔集，就令園吏掣鈴索以驚之。我的媽媽卻拿剪子，喀察！喀察！叫我在旁驚心膽跳，發覺白茶花的端凝氣質，都教媽媽的熱鬧性情破法啦。

我一歲的時候，媽媽曾以我的口氣記下厚厚的一本日記，當時的媽媽比我現在還小五歲，年輕的人妻、人母，其實還是救國團下班回來會在院子泥地上赤了腳玩跳繩的大孩子，媽媽這樣寫著：

大大又開始上班了，家裡剩下媽咪和我，為不使媽咪感到寂寞，我做了很多的怪相來逗她，結果媽咪笑了，說我是她的醜丫頭，小老頭，歪頭盔和歪小妞。

媽咪好熱又好急，聽見她說：「天啊，只要允許我搧扇子，給我一杯冰的檸檬水，我簡直甚麼都可以犧牲！」已是不只一次了，這使我遺憾的感到實在不應該在這麼一個大熱天來到世上，不過我可能也將跟媽咪一樣好熱好急，因為你瞧，我的臉上、脖子和臂彎裡已長滿痱子了。

哦，那是多麼奇異的事，我居然也會做夢了，儘管那只是一片毫無次序和明確的形象，然而已足夠使我臉上的表情成為大大和媽媽的笑柄了。

很乖的睡了一整天。下午大大休假，又為我畫了一張歪頭盔的側臉像。大大曾是很愛畫畫的，可是多年來他不再有那種心緒了，我真願意我的來臨能復燃起大大心靈裡那藝術的火焰。

晚上大大獨自一人去看《暴雨晴天》，這要算是第一次，由於我，大大和媽咪將不能再一塊兒欣賞電影了。我同媽咪躺在床上聽雨唱歌，雨越下越大，沒有人給大大送雨衣，他怎麼回來呢！

臍帶掉了，助產士囑咐媽咪把它保存好，媽咪說要珍藏起來，好讓我有一天可以把它贈送給我心愛的人。也許有人覺得很可笑，但媽咪認為對於自己所鍾愛的人，即使是一束頭髮也是珍貴的。然而多遙遠可笑的事兒呀——我心愛的人！我想媽咪簡直太羅曼蒂克了。

媽咪被允許可以輕輕地搧扇子了，我聽見她高興的說：「我的天，助產士沒有比今天更討喜可愛了！」

助產士最後一次來替我洗澡，不，是來看媽咪的實習，因為她必須學會替她的孩子洗澡。我可憐的母親，自從上次助產士告訴她今天必須由她做給助產士看的時候開始，便發愁了，甚至緊張得做起夢來。媽咪沒能夠像揮動球拍那樣熟練的運用我的洗澡毛巾，可以說，她是毛手毛腳的。我真相信要不是助產士在旁督導和協助，媽咪一定把我扔到水裡，嘴裡灌滿肥皂水了。

表嬸帶二表哥來看我，表嬸嬸說我猛一看像大大，細看起來又像媽咪。我真高興，因為這是第一次有人說我像大大，大大再不能拿媽媽開玩笑了：「嘿，沒一處像我，真可疑喲。」

火星距離地球最近的日子，肉眼可以看得見，可惜我不能出去看，大大同媽咪都出去看了。很美，很大，紅紅的像一顆寶石。

指甲太長了，大大和媽咪用毛巾把我喜好揮舞的臂膀罩起來。他們說我是在演布袋戲而笑開了呢。但我畢竟把臉抓破了，媽咪就將我又長又細的小指甲剪短。多情的媽咪和大大還為我準備了一個大瓶子裝指甲用。

嘿，我會打呼了。多麼驕傲的事，據我所知，人總要長大以後才會打呼的。大大卻大笑我：「粗里粗氣的，成甚麼女孩子家。」啊！女孩子家！媽咪不說過越野越好，人要順其自然，而頂重要的，有一天我不也要穿上五十磅的行當，騎在馬背上，馳騁於西北的原野上嗎？大大真是小家子氣了。

大大學校裡送別聚餐，所以媽咪很早便吃了晚飯，抱我出去散步，有那麼多神奇的事物呀，我看到所謂綠色的葉子和藍色的天。我喜歡藍天，那麼廣大、深遠，有一天，我要大大幫我把它掀開，看看那藍色的大帳子後面究竟藏著些甚麼東西。

今天是中秋節，天放晴了。去年秋天，是媽咪在外婆家最後的一天，這一天，四叔叔隔著院牆替媽咪接運她出走的簡單的行囊。我沒法想像媽咪這一天是在怎樣的一種興奮、緊張、不安之中度過的。多快啊，已整整的一年了，那時我還在哪裡呢？

入秋了。也許是秋風，使媽咪記起來她的火車通學時代，我聽見她整天叫嚷著：「好想坐火車啊。寶寶你聽，汽笛又響了，我們坐火車到世界的盡頭，到沒有人在的地方好不好？」

媽咪大醃其蘿蔔乾，從前在王生明路住時，媽咪喊鄰居蔡家叫做蘿蔔乾太太，現在自己卻成了蘿蔔乾太太了。

大大在為聖誕節的壁報忙，編、寫、畫，都是他一個人，夠辛苦的了，媽咪總希望能夠幫更多的忙，但也只是剪剪圖案而已。我真希望我能有大大的那一套，至少我也須把字練好，將來大大和媽咪寫的東西我可以代他們謄寫，當然我能有他們倆共有的文字天才那是再好不過的，人往往不能在他有限的人生當中完成他全部的理想，是要靠後代來繼承的。

我會翻身了，躺在床上同媽咪聊著、玩著。

昨天媽咪應三鐵皇后之邀去高雄打球，今早起來混身酸痛得走路都變了樣子，真可憐的媽咪，許久為著我都不曾打球了，我多對不起她。

鈴鈴跑掉了，可能已成了香肉，媽咪從班上帶回來的小狐狸也死了，小虎的命正剋，一連串的不幸使媽咪痛苦的叫著：「哦，我以後再也不餵小動物了！」

媽咪重拾起筆桿寫文章了，都是我害得媽咪離開了她的文學和網球。我總想給媽咪省心，可是人好像總要服從一個天然的法則，像我這麼大，甚麼都作不了自己的主，我的一行一動完全是違反我自己的好主意的。

我已能分辨出我的親人同別人的臉了。我最怕趙媽媽，每次她逗我，總是擰我、罵我，並且把我的帽帽拉下遮住我的眼睛，每次一看到她我就禁不住要哭，她想用她的奶奶哄我，我不幹的，雖然我很餓，也知道任何人的媽媽都沒有像媽咪那樣適合我吃的奶奶。

護士說可以蒸蛋給我吃了，可喜的消息！到今天我還是個不食人間煙火的嬰兒呢。

牧叔叔真窩囊，談戀愛還要人家幫忙，把大大媽咪硬拖去跟他的女朋友打網球，結果人家也沒去，害得大大和媽咪白跑了一趟，累慘了。

媽咪開始寫〈沒有砲戰的日子裡〉，是應徵救國團徵文比賽的，本來是大大構思的故事，也是要由大大寫的，不過那成了欺騙的事，所以到底決定由大大把故事講出來，媽咪寫。天氣很冷，大大和媽媽躲在被窩裡寫東西。

啊！我要生牙齒了，一家人都為這個高興得甚麼似的，不過大大說了很喪氣的話：「也許不那麼可高興，有牙疼的條件了。」那是因為他的牙齒很壞。媽咪為著我的牙齒，拚命的吃鈣質的菜蔬，像炸魚、豆腐之類。

高縣青年杯網球賽的日子，疤子叔叔、大大，還有我，由翁媽媽推著娃娃車到高雄縣政府球場去替媽咪聲援。媽咪參加鳳山A隊，都是男人的，獲得第四名，我們動員了全家，只除了小虎，結果換來一條毛巾。

前年的今天，媽咪從花蓮球賽之後到鳳山軍校來看大大，那時候兩個人還一點表示都沒有呢。然而那一次卻使他們倆都深深陷進痛苦的絕望中，他們不知道今生還有見面的日子沒有。可是兩年後的現在，我已經是快八個月的孩子了。晚上，我們三個人散步的時候，他們一直在談著這些回憶。

媽咪說，我要做姐姐了，小弟弟將叫做幼甯。

我不會忘記茶花開時，媽媽把插好的花瓶擺在飯桌上，與一碟碟殘餚在一起的白茶花——那就是我的媽媽呀！

——《黃金盟誓之書》，印刻

作者簡介

朱天文

一九五六年生，山東臨朐人。淡江大學英文系畢業。高一時即開始寫作，小說與散文均擅長。曾任編輯，主編《三三集刊》、《三三雜誌》，並任三三書坊發行人，現專事寫作。曾獲聯合報小說獎、時報文學獎，一九九四年並以《荒人手記》獲得首屆時報文學百萬小說獎。作品有小說集《傳說》、《小畢的故事》、《最想念的季節》、《炎夏之都》、《世紀末的華麗》、《荒人手記》，散文集《淡江記》、《三姐妹》，並著有電影劇本《戀戀風塵》、《悲情城市》等。朱天文的作品主要是小說，從早期的作品到近期的

《巫言》，都可見出她敏感的時代感，她以嘲謔的手法，對現代人的心理進行赤裸裸的剖析和批判。近期印刻出版社印行《朱天文全集》，將她的散文重新整理為《淡江記》、《黃金盟誓之書》、《有所思，乃在大海南》出版。

出生於文學世家的朱天文，長年過著簡單生活，很少公開活動，即使是八〇年代參與許多重要電影作品的編劇，在五光十色的銀幕前的演出，也多只是點到為止，或許是這樣素樸的生活方式，讓她的作品有一種赤子的純真。

作品導讀

母女動人的生活樂章

以小說見長的朱天文，其實也寫了好幾本散文集，收錄在《黃金盟誓之書》的〈山花紅〉是一篇特別的散文，朱天文先開個頭，然後主文部分表面上是朱天文的媽媽以朱天文的語氣寫的日記，但既然是收錄在作者的散文集，這部分的主文當然經過作者文筆的轉化，於是呈現出來母親（或者朱天文本人）以一歲小孩口氣所寫的日記，產生多重角色的層次感，一會兒是嬰兒的牙牙學語、一會兒是初為人母各種情緒，交織出一對母女動人的生活樂章。全文看似平淡，甚至有些清冷空虛之感，所描敘的事也是極為平實，且「時間」在這篇文章似乎有些捉摸不定，好似這些字句，不過都只是作者的空想罷了，是那麼的細微，但又具體地發生著。

從出生到一歲，嬰兒發生了哪些事情——掉臍帶、指甲抓破臉、長牙齒、會翻身；媽媽發生了哪些事——可以搧扇子、第一次幫孩子洗澡、重拾筆桿；大大（爸爸）又怎麼了——獨自去看電影、忙聖誕節壁報等……都在這篇紀錄裡娓娓道來，彷彿是一部成長史。小說家擅長描寫，尤其是最後一景（插好的花瓶擺在飯桌上，與一碟碟殘餚在一起的白茶花）讓讀者在一瞬間也有著與作者共同的眼睛，是啊，看見了喲，那就是如同白茶花一般的媽媽呢！

簡媜

一襲舊衣

我朝她跑，
發現初春的天無邊無際地藍著，
媽媽站在淡藍色天空底下的樣子令我記憶深刻，
我後來一直想替這幅畫面找一個題目，
想了很久，
才同意它應該叫做「平安」。

說不定是個初春，空氣中迴旋著豐饒的香氣，但是有一種看不到的謹慎。站在窗口前，冷冽的氣流撲面而過，直直貫穿堂廊，自前廳窗戶出去；往左移一步，溫度似乎變暖，早粥的虛煙與魚乾的鹽巴味混雜成薰人的氣流，其實早膳已經用過了，飯桌、板凳也擦拭乾淨，但是那口裝粥的大鋁鍋仍在呼吸，吐露不為人知的煩惱。然後，躡手躡腳再往左移步，從珠簾縫隙散出一股濃香，女人的胭脂粉與花露水，哼著小曲似地，在空氣中兀自舞動。母親從衣櫥提出兩件同色衣服，擱在床上，我聞到樟腦丸的嗆味，像一群關了很久的小鬼，紛紛出籠呵我的癢。

不准這個，不准那個，梳辮子好呢還是紮馬尾？外婆家左邊的，是二堂舅，瘦瘦的，妳看到就要叫二舅；右邊是大堂舅，比較胖；後邊有三戶，水井旁是大伯公，靠路邊是……竹籬旁是……進阿祖的房內不可以亂拿東西吃；要是忘了人，妳就說我是某某的女兒，借問怎麼稱呼你？

我不斷複誦這一頁口述地理與人物誌，把族人的特徵、稱謂擺到正確位置，動也不動。多少年後，我想起五歲腦海中的這一頁，才了解它像一本童話故事書般不切實際，媽媽忘了交代時間與空間的立體變化，譬如說，胖的大舅可能變瘦了，而瘦的二舅出海打漁了。他們根本不會守規矩乖乖待在家裡讓我指認，他們圍在大稻埕，而我只能看到衣服上倒數第二顆鈕扣，或是他們手上抱著的幼兒的小屁股。

善縫紉的母親有一件毛料大衣，長度過膝，黑底紅花，好像半夜從地底冒出的新鮮小番茄。現在，我穿著同色的小背心跟媽媽走路。她的大衣短至臀位，下半截變成我身上的背心。那串紅色閃著寶石般光芒的項鍊圈著她的脖子，珍珠項鍊則在我項上，剛剛坐客運車時，我一直用指頭捏它，滾它，媽媽說小心別扯斷了，這是唯一的一串。

我們走的石子路有點怪異，老是聽到遙遠傳來巨大吼聲的回音，像一批妖魔鬼怪在半空中或地心層摔角。然而初春的田疇安分守己，有些插了秧，有的仍是汪汪水田。河溝淌水，一兩聲蟲動，轉頭看岸草閒閒搖曳，沒見著甚麼蟲。媽媽與我沉默地走著，有時我會落後幾步，撿幾粒白色小石子；我蹲下來，抬頭看穿毛料大衣的媽媽朝遠處走去的背影，愈來愈遠，好似忘了我，重新回到未婚時的女兒姿態。那一瞬間是驚懼的，她不認識我，我也不認識她。初春平原瀰漫著神祕的香味，有助於恢復記憶，我到隸屬，我終於出聲喊了她，等我喲！她回頭，似乎很驚訝居然沒發覺我落後了那麼遠，接著所有的記憶回來了，每個結了婚的農村女人不需經過學習即能流利使用的那一套馭子語言，柔軟的斥責，聽起來很生氣其實沒有火氣的「母語」，那是一股強大的磁力，就算上百個兒童聚集在一起，那股磁力自然而然把她的孩子吸過去。我朝她跑，發現初春的天無邊無際地藍著，媽媽站在淡藍色天空底下的樣子令我記憶深刻，我後來一直想替這幅畫面找一個題目，想了很久，才同意它應該叫做「平安」。

渴了，我說。哪，快到了，已經聽到海浪了。原來巨大吼聲的回音是海洋發出的。說不定剛剛她出神地走著，就是被海濤聲吸引，重新憶起童年、少女時代在海邊嬉遊的情景。待我長大後，偶然從鄰人口中得知母親的娘家算是當地望族，人丁興旺，田產廣袤，而她卻斷然拒絕祖輩安排的婚事，用絕食的手法逼得家族同意，嫁到遠村一戶常常淹水的茅屋。

我知道後才揚棄少女時期的叛逆敵意，開始完完整整地尊敬她；下田耕種，燒灶煮飯的媽媽懂得愛情的，她沉默且平安，信仰著自己的愛情。我始終不明白，昔時纖柔的年輕女子從何處取得能量，膽敢與頑固的家族權威頡頏？後來憶起那條小路，穿毛料短大衣的母親痴情地朝遠方走去的背影，我似乎知道答案，她不是朝娘家聚落，她朝聚落背後遼闊的太平洋。我臆測那座海洋的能量，曉日與夕輝，雷雨與颶風，種種神祕不可解的自然力早已凝聚在母親身上，隨呼吸起伏，與血液同流。我漸漸理解在我手中這分創作本能來自母親，她被大洋與平原孕育，然後孕育我。

據說當阿祖把一顆金柑仔糖塞進我的嘴巴後，我開始很親切地與她聊天，並且慷慨地邀請她有空、不嫌棄的話到我家來坐坐。她故意考問這個初次見面的小曾孫，那麼妳家是哪一戶啊？我告訴她，河流如何如何彎曲，小路如何如何分岔，田野如何如何棋布，最重要是門口上方有一條魚。

魚？母親想了很久，忽然領悟，那是水泥做的香插，早晚兩炷香謝天。魚的家徽，屬於祖父與父親的故事，他們的猝亡也跟魚有關。感謝天，在完成誕生任務之後，才收回兩條漢子的生命。

我終於心甘情願地在自己的信仰裡安頓下來，明白土地的聖詩與悲歌必須遺傳下去，用口語或文字，耕種或撒網，以尊敬與感恩的情愫。幸福，來自給予，悲痛亦然。

母親又從衣櫥提出一件短大衣。大年初一，客廳裡飄著一股濃郁的沉香味。台北公寓某一層樓，住著從鄉下播遷而來的我們，神案上紅燭跳逗，福橘與貢品擺得像太平盛世。年老的母親拿著那件大衣，穿不下了，好的毛料，妳在家穿也保暖的。黑色毛面閃著血淚斑斑的紅點，三十年了，穿在身上很沉，卻依舊暖。

我因此憶起古老的事，在海邊某一條小路上發生的。

——《女兒紅》，洪範

作者簡介

簡媜

本名簡敏媜，一九六一年生，台灣宜蘭人。台灣大學中文系畢業，曾任職《聯合文學》、遠流出版公司、實學社，也曾和好友張錯、陳義芝等人合作創辦「大雁書店」，現專事寫作。曾獲中國文藝協會文藝獎章、梁實秋文學獎、吳魯芹散文獎、時報散文獎首獎、國家文藝獎、金鼎獎。代表作《女兒紅》入選台灣文學經典三十本之一，是入選經典中年紀最輕的作家。重要散文作品包括《水問》、《私房書》、《只緣身在此山中》、《月娘照眠床》、《紅嬰仔》、《老師的十二樣見面禮》、《誰在銀閃閃的地方，等你》……等，被譽為善用文字、語言，獨創風格、形式的散文作家。

簡媜自詡為「不可救藥的散文愛好者」，她的作品雖然文字穠麗，意圖龐大，但現實生活裡的她卻風趣幽默，語帶機鋒，她的新作《老師的十二樣見面禮》、《誰在銀閃閃的地方，等你》，離純文學稍微遠一點，離親子生活、生命書寫卻近一點，可以找到那個奇想善言的簡媜。

作品導讀

舊衣牽連的母女傳承

簡媜擅長寫架構龐大的散文，經常創作長達萬字以上的散文，引經據典、文藻華麗，文路的鋪陳、思路的開拓，都有跡可循。這篇短文，篇幅雖不長，架構仍然龐大。表面上看來，這只是一篇記敘年幼時陪母親回娘家的回憶文字，就像國小低年級教科書常常會採用外婆家的暑假之類的，用鄉下的純樸自然，對照城市的複雜喧囂，但在文中字裡行間尋索，卻會發現天性敏感的作家那種永不休止的自我探索。

當地望族的女兒，拒絕父執輩安排的婚事，堅持自己選擇的婚姻，儘管那可能是更僻遠更艱苦的生活，由於信仰著自己的愛情，可能過了好幾年才得到父母的諒解，帶著長女回到久違的「女兒的家」。「媽媽朝遠處走去的背影，愈來愈遠，好似忘了我，重新回到未婚時的女兒姿態……媽媽站在淡藍色天空底下的樣子令我記憶深刻，我後來一直想替這幅畫面找一個題目，想了很久，才同意它應該叫做『平安』」，已經為人妻，為人母了，回到娘家又做回女兒身分的感覺就是平安，這是簡媜從母親身上得到的答案。

母親不僅把一件長大衣改成一大一小兩件短大衣，過了些年，又把大的短大衣交給女兒，卅年了，母親傳給女兒的不只是一件舊衣，也把創作能量傳給女兒，作者說，「她被大洋與平原孕育，然後孕育我」。從一件舊衣到平安的意念到愛情的信仰，簡媜要告訴讀者的，不只是那一襲「三十年了，穿在身上很沉，卻依舊暖」的舊衣啊！

髮結蝴蝶

張曼娟

童稚的我，甚至痴心地想，
風箏也許化為蝴蝶，
在黎明時刻，破空而去。
誰知道呢？
也許，真的化為蝴蝶。
飛在小女孩的髮梢上，
成一個美麗的、永恆的結。

直到現在，年紀漸往三十上數了，看見騎單車、放風箏，或一群追跑而過的孩子，聽見笑聲如風，掠過耳畔。那樣悅耳、熟悉，總令我不禁怦然心動，以為會與童稚的自己相遇。

一旦相遇，我會問紮著麻花辮的小女孩：妳開心嗎？

有時候，是不開心的。當牆外傳來同伴的嬉戲聲，我卻必須端坐，讓母親將兩條毛茸茸的辮子梳得光潔。多麼焦急啊！就像紗門外，撲著翅膀的紫色粉蝶兒。儀容整齊才可以出門，是母親的規矩。因此，我們母女二人，常要花費許多時間，梳理那頭秀髮。打出生起，從未經斧鉞的胎毛，特別細軟柔弱，我無法明白，母親是怎樣仔細避免弄疼她的小女兒，只因頸部僵硬而覺厭煩。也無法了解，在短絀的經濟情況下，母親努力使孩子乾乾淨淨地站在人前，為的是教導我們自尊自重。

挨到辮子編好，我跳起身子，推開紗門，直奔出去。有時與蝴蝶翩翩錯身，也不覺得稀奇。

小時候，沒有蝴蝶館、蝴蝶谷一類的名詞。蝴蝶是鄰居，住在我家小庭院；住在路旁的草堆中；住在學校的鞦韆架。特別的季節裡，巴掌大的鳳蝶，色彩炫麗，成雙作對地從窗邊飛過。有時，不經意地飛進教室，孩子們興奮而屏息。在流瀉的陽光、瀰漫的花香中，老師打開另一邊窗戶，讓牠們離開。這樣奇妙的「經過」，在孩子瞳中煥發光彩。

不上課的時候，看到鳳蝶，定要追跑一場，口裡還嚷嚷著：「梁山伯啊！祝英台！」卻沒想到，奔跑跳躍，飄起的短裙也像彩翼；辮梢的花結正如展翅蝴蝶。

曾迷信一則傳說：把聖誕紅的花瓣夾起來，到了春天，便蛻變為蝶。有好一陣子，課本裡夾滿花瓣，悄悄地看著它的色彩由紅到黑。而我並不貪心，只等待一隻蝴蝶。也沒有完全失望，打開課本，果然見到彩蝶誕生，翩然飛起，儘管那只是一場蝴蝶夢，卻美麗得令人感激。

被蝶蠱惑的日子，出了一次意外。那是在五歲的夏日午後，雨剛停歇，沿著一條髒臭的水溝去幼稚園。水溝約莫一公尺寬，雨後便漲起來，時常飄浮殘餚或家禽家畜的屍體。我每次都保持著適當距離通過，因它令我想到死亡。那天，出神地追著一隻鮮黃色蝴蝶，跑著離溝愈來愈近，愈來愈近，終於，撲通！栽進溝裡。那水溝的深度嘛，恰巧足夠淹死一個五歲小女孩。

泡在冰涼的水中，緊抓著溝邊緣，我放聲喊救命。第一次體會到無助與絕望。

記不得是甚麼人把我拉上來的，好像是個年輕男子，他說：「趕快回家去！小妹妹！」我是要回家，卻走不快。雨鞋裡裝滿了水，不僅沉重，還會嘰哩咕嚕響個不停。走著，開始傷心地哭泣，因為發現到方才差點死去。

對水的恐懼，直到今日。只是談起那次浩劫，已轉變了心情。據說，李白捉月下了水，那樣風流倜儻的人物，如此，捕蝶下水，也可視為韻事一樁了。

剛進小學，常和母親鬧：「為甚麼要上一年級！我不要！我不要去學校，都沒有點心吃。」最後一句話，雖然說得小聲，不免令做父母的臉上無光。然而，五歲半入小學，眾人都很能體諒我的年幼無知。

只是，有時年幼無知得太過分，我會作出老師沒交代的功課；或者，乾脆把別人的作業簿帶回家，自己的卻不知去向。為了應付我，上課是老師的頭痛時間。我也有頭痛時間，那是在下課以後，頑皮的男生扯住我的辮子當成韁繩，使勁猛拉，令我突然後仰，因拉扯與疼痛而摔倒。其他的女生用板擦擊退男生，扶我起來。每次都以為自己會哭起來，結果總是沒有。強烈的憤怒掩蓋了自憐，我真恨那些壞男生；更恨自己與眾不同的辮子。

這樣的惡作劇，斷續地發生了好幾年，母親不得不在我的髮式上變花樣。紗巾、緞帶和絨線，為我織就公主般的夢境。辮子垂在腰際，羨慕及讚美，使我不再怯弱自卑。

情況終究是要改變的，在一次不經意的巧合下，我甩頭時，髮辮打在一個男生臉上，他驚愕地摀臉喊疼。長久以來的鬱結得到紓解，我的「辮子功」遠近馳名，便開始與男生展開對抗。

數不清有多少次大小衝突，最嚴重的一次，是把石膏粉調在水桶中，白糊糊的一桶，對準某個男生兜頭澆下。男生當場哭起來，我們全都傻了，以為他會像石膏像一樣僵在走廊上。片刻之後，他跳起身子，嚎叫著：「我要告老師！我要告老師！」乒乒乓乓地跑下樓去了。

那段日子真不好過，好似小辮子被人捏在手中，提心弔膽地。我們怎麼也猜不透，受害者到底「告」老師了沒有；不小心眼光相遇，便心虛得厲害，其實，他並不是最壞的男生。因歉疚與愧悔，使我劍拔弩張的心性收斂許多。

而眷村中孩子間的遊戲，讓我更像個女孩。

扮家家酒，撿拾各種葉片花草，洗洗切切，燉煮炒煎，彷彿永遠也不厭煩。那時，十分甘願地守住灶旁的方寸地方，等待小男生背著劍從遠處來，採一把松針當麵線。

結束以後，一同到村外清澈的河溝，捧個小筒，盛裝男生抓到的大肚魚和小蝌蚪。青蛙的成長過程，絕不是在課本上學習的；而是那片廣闊的自然教室。

逐漸地，女孩們不耐守著花花葉葉、鍋碗盤盆。父母為我們買來溜冰鞋，還沒練好呢，接著又是呼拉圈，腰上還掛不住；卻又來了樂樂球、迷你高蹺……就在家門口，父母子女舉家同樂，揚起的笑聲，成為黃昏中溫馨的回憶。

尤其是練腳踏車這件事，最能看出鄰里間情感的深厚。大人們只要看見孩子費力地跨上車，總要幫著推上一程，不管那是誰家的孩子。當其他的孩子都能騎在車上，呼嘯而過，我仍在觀望階段。在人前露出不在意的神情，四下無人之際，不免躍躍欲試。某個下午，鄰居的年輕媽媽，嗓門響亮地，要替我推車。在她的鼓勵下，我騎了一段路，非常穩當，幾乎要歡呼。突然聽見那媽媽鼓掌喝采，在我身後，距離很遠的地方。很遠？我回轉頭，才發現她早鬆了手……就在同時，人仰車翻，前功盡棄。

在愈摔愈勇的苦練下，我終於成為一個優良駕駛人，肇事率一向都是零。女生們都喜歡坐在後座，由我載著，在村子裡兜風，最後，還是出事了！那天，載了個同伴，騎到人煙稀少的村邊，同行還有兩三輛車。到了該轉彎的地方，晃出個小小孩兒，連煞車都來不及，只得強扭龍頭，迎面躲不開的是一大片磚牆。在那千鈞一髮之際，我大聲叫後座跳車，一邊扳住煞車。後座的重量猛地消除，就在嘩然而起的驚叫聲中，車子像箭一樣，加速撞向牆壁。

我趴在地面上，好一會兒都不能思想，只看見許多光點，忙碌地跑來跑去，並紛紛掉落……真是慘痛經驗，既慘且痛。

唯一引以自豪的，是在那「性命攸關」的一瞬間，竟能鎮定地指揮同伴脫險，足見是有些義烈古風的。同時，長大以後，迷糊、懵懂加上轉不過的腦筋，又常懷疑地想起那次撞牆事件，不由自主地。

小學的最後一個暑假，親朋好友都把眼光放在我的身上，不！是放在我的長髮上。國中註冊前，母親耗用更多時間，為我梳理。若干年來，洗髮吹風則是父親的工作，那必須要有耐心。不知道他們是否已覺疲憊，我是早就已經不耐煩了。

剪髮之前，同伴們都預測我將流多少淚，並且說他們同學曾在剪髮時，如何傷心的哭泣。但，這些都影響不了我；我有自己的想法。剪去長髮，對我有個不凡的意義：小女孩長大了！不是值得歡慶的嗎？

坐在美容院，還向一旁看熱鬧的同伴眨眼睛。當所有的頭髮裹在泡沫中，並攏在頭頂上，看著鏡中的自己，突然想起過往的幾個夏日。炎熱的黃昏，沐浴以後，母親將我的髮盤成髻，固定在頂上。露出光潔的額頭，天生成不必妝點的一雙鳳眼，大而明澈。紮不住的絨髮掛垂頸上，武俠片正風行時，鄰居的爺爺奶奶，總說我像那個可以飛起來的俠女。

聽見剪刀響起來的聲音，驀地感覺心慌。剪髮師笑盈盈地把剪下的辮子舉起來給我看，我勉強牽扯嘴角，一點也不開心；倒是腦後輕鬆多了。

拿著黑亮柔軟的那截髮辮回家，清楚地知道，我的童年，就這樣結束了。一股難喻的惆悵，揉在暮色裡，層層加深。

搬離村子好些年了，偶爾經過，才發現昔時覺得無限寬敞的廣場、草地，其實只是那樣狹隘的空間。可是，仍是獨一無二、不可取代的，因它曾容納色彩繽紛的孩提夢想。

有風的季節，便想起緩緩上升的風箏，總像旗子一樣，掛滿在電線上，經風一夜吹襲，紛紛不知去向。童稚的我，甚至癡心地想，風箏也許化為蝴蝶，在黎明時刻，破空而去。

誰知道呢？也許，真的化為蝴蝶。飛在小女孩的髮梢上，成一個美麗的、永恆的結。

——《緣起不滅》，皇冠

作者簡介

張曼娟

一九六一年生，河北豐潤人。畢業於世新五專、東吳大學中文系、東吳大學中文碩士、博士。曾獲全國學生文學獎小說首獎、教育部文藝創作獎、中華文學散文獎首獎及中興文藝獎章。代表作也是第一本出版品《海水正藍》自一九八五年出版以來，締造了超過五十萬本以上的銷售輝煌紀錄，成為台灣當代最長銷與暢銷的小說，並獲得讀者票選為最愛百大小說以及影響台灣四十年來最大的十本小說之一。

第一本散文集《緣起不滅》三十萬本的再版紀錄，也成為台灣史上最暢銷的散文集。現任東吳大學中國文學系教授，並開風氣之先，創辦作家經紀制度的「紫石作坊」，近年則關注青年學子的中文教育，設立「張曼娟小學堂」，教導中小學生中文寫作能力。重要散文作品還有《百年相思》、《人間煙火》、《喜歡》等。

作品導讀

童年、蝴蝶、風箏纏綿相遇

雖然同是五年級前段班（約指民國五十年到五十四年間出生），也許有共同標誌的童年記憶，如電視卡通「小甜甜」、「無敵鐵金剛」，卻不一定有相同的童年生活，筆者的童年生活中就沒有長髮這回事，紮麻花辮、蝴蝶結，紗巾、緞帶、絨線，那是公主才配有的裝束。對張曼娟來說，長辮子髮梢紮上蝴蝶結便是童年生活的標記，母親細心梳理並且避免弄疼小女兒，濃濃的親情就在那指間與髮梢的親密接觸；頑皮男生扯住辮子當成韁繩，而堅強起來的女孩以辮子功對抗，那種孩子的遊戲其實是男生女生的童稚情誼。終於要告別童年了，用甚麼方式呢，剪掉童稚的長辮，俐落的短髮預示成長，「小女孩長大了，值得歡慶」。

剪下來黑亮柔軟的髮辮，讓人每一注視，就想起結束的童年，可是告別的不只是紮長辮的童年，還有那生長的眷村，以及鄰里相聞、人情溫暖的眷村生活，這時，不需辮子來提醒，只要起風，就想起掛滿在電線上的風箏，那些風箏以及消失的童年生活，都到哪兒去了？作者幽幽地想，風箏化為蝴蝶，破空而去；童年也化身蝴蝶，飛到小女孩的髮梢上，讓作者每一撞見，就以為和童稚的自己相遇。擅長寫情的張曼娟，在這篇回憶童年的散文裡，也以十分纏綿的筆調，懷想逝去的歲月，能和過往的自己如此繾綣，便是張曼娟散文的獨特處。

那孩子說，都是因為您

郭強生

三十年前讀琦君的記憶，
換來一場無預警的眼淚，
那並不是悲傷。
而是突然感覺，
到家了。

一個寫作人若要解釋，自己怎麼會走上文學創作這條路，大概初始都與閱讀脫不了關係。

在我讀小學的那個年代，可稱之為兒童讀物的書籍少得可憐，幾乎全仰賴「東方出版社」。然而，記憶中我對他們「青少年文庫」琳琅滿目的書種一直提不起很大的興趣。說起來也是夠豐富的，不管是中國古典章回小說從《鏡花緣》到《三國演義》，還是西方經典名著《簡愛》到《基督山恩仇記》，以及著名的福爾摩斯、亞森羅蘋探案，他們一律都有專為小學生改寫的版本。現在回想起來，本人豈是讀青少年版能滿足的？我不需要故事書，這是十歲的我隱然已有的認知。

家裡父母親都是愛看書的，所以不乏我可以囫圇吞棗、或偷偷摸摸享受的讀物。翻翻川端的〈千羽鶴〉，噫——有一個女人乳房上生著長著硬毛的一大片黑痣！當時譯本中有幾段話，至今我還能背得出：「他想像父親或許會用不潔的牙齒，去啃那痣疤吧？」「倒不是對會有一個同父異母的弟弟感到妒嫉，而是想到吸吮過長了痣疤奶水的孩子，就讓他有一種著了魔似的恐怖。」

印象深刻至此，不是沒有原因。小說全貌雖不是那個年紀的我所能了解，但是文字這東西讓我上了癮，我更加開始翻箱倒櫃，企圖經由讀到類似不可思議的描述，看見另一個世界。

慶幸自己沒有小孩，不必擔心該給他們閱讀甚麼。奇怪當時我的父母親在想甚麼？後來他們當然知道我在讀這些，我曾在飯桌上也把上述段子朗朗背出。國中時候，國文老師發現我在讀《臺北人》，很尷尬又帶擔心地在家長會上對母親表達了對此事的關切。我就是這樣一路亂讀長大的，不知這可以提供現在父母一種安慰，還是警惕？不過我個人至今仍不太相信，是閱讀在影響、或感染了孩子的心智，我的記憶告訴我，是先具備了那樣的心性（或說是基因），才會喜歡閱讀某類的東西。我的父母大概很早就知道，我是個徹底的怪小孩，一般孩子的喜好興趣，大都與我絕緣。

〈小飛俠〉太不合理，一直長不大，有甚麼好？〈仙履奇緣〉血腥得可以，惡姐姐們被割掉腳後跟、削去腳拇趾，是希望我們鼓掌叫好嗎？一本本童話被我拿起又丟開，似乎一直在找尋一種閱讀，為了解釋一種自己說不上來的、對周遭的感知。終於，王爾德的〈快樂王子〉出現了，唯一童年時我為之傾倒的「童話」，我為凍死的小燕子感到驕傲，我對快樂王子不被了解的仁慈嘆息。（結果這也不能真正算為小朋友寫的故事。）童年的我怎麼會那麼憂傷易感？這幾乎是個謎。我既不是孤兒，也沒有殘疾，但是一些小事總在我心裡盤來繞去，好像知道這世界就是缺少了些甚麼。〈快樂王子〉

中哀而不傷的殘缺、有血有淚的溫柔，第一次引領了我向自己靠近。

但，那畢竟是外國人寫的。

* * *

我易感與孤單的童年，一直渴望在中文的世界裡找尋寄居。

有一批兒童讀物，由當時省政府教育廳，得到聯合國兒童文教基金會撥款，而邀集國內作家與插畫家製作出版了。因父親受邀擔任了出版審議委員，這一整套書也進駐了我小小的書架。林海音、胡品清、林良、徐鍾珮……現在我們都熟知的文壇大家們都在這套叢書的作者群中。但其中有一本，特別得到我的鍾愛。講的是一個窮人家孩子，寡母把唯一值錢的耕田老牛賣了，小男孩與老牛相依情深，竟傻氣地隻身進城，想把老牛找回來。一位走江湖賣膏藥的老人，懷念著曾被他放在擔子裡挑著，與他一同流浪，卻又在襁褓中便早夭的兒子。萍水相逢的一老一小，短短的緣分，老人拿出畢生積蓄，最後為這個小男孩贖回了牛。完了。故事很簡單，但我讀到一種亦悲亦喜的蒼涼，只能用震撼形容：

他有時很想把套在阿黃溼漉漉的鼻子上的黃銅圈圈拿掉。可是他的媽媽不許他這樣做，她說哪一家的牛鼻子上不套圈圈呢？好在阿黃和其他的牛一樣，套了許多年的圈圈，已經習慣了。況且小主人從來不使勁拉他，他只要鬆鬆地一牽繩子，牠就會翹起脖子，向他走來，臉頰親熱地靠向他的臂膀，用溼漉漉的鼻子碰他的手背。

……

「他沒有長大嗎？」

「沒有。」

「為甚麼呢？」

「因為他沒有了媽媽，我把他放在籃子裡挑來挑去，起先他咿咿呀呀地唱歌，小拳頭小腳也常常舞動，但是他沒奶吃，天又太冷，他一天天地變得非常瘦弱，又傳染上了痲疹。你知道痲疹是要特別當心的，但是他還得躺在小籃子裡，風吹太陽晒，他受不住了。有一天他不再唱歌了，小拳頭小腳也不再舞動了。我把他抱回到家鄉，睡在他媽媽的墳邊，讓他們在一起作伴。」

「張伯伯，您一定哭得很傷心。」聰聰望著他微紅而疲倦的眼睛。

「我只哭過一次，後來就不哭了。因為我想他在媽媽身邊比在我身邊更好。每天晚上，我躺在床上，就可以在心裡跟他說話，我好像看見他在媽媽懷裡，一天天長大了。」

……

三十年後，換成了我在哭。

面對了一屋子琦君的書迷，我應邀朗誦她作品〈賣牛記〉中上述一段，竟突然哽咽淚流滿面而不能止。那是我唯一的一次，也是最後一次與琦君的面對面。琦君阿姨坐在輪椅上，一頭白髮，微微佝僂。我不知所措地趕忙抹掉眼淚，向來賓致歉，解釋因為這段文字讓我懷念起自己剛過世不久的母親。但是這突如其來、把我自己都嚇了一跳的悲傷，究竟是甚麼原因，我當下也並不全然理解。懷念母親當然是部分原因，但若不是這樣的文字，又怎麼能勾起三十年來在生命中累積的所有大大小小的感懷？人生中這樣無由的一哭，真的難得。

琦君回來了；我的淚還沒乾，而琦君又走了。

我們沒有交談，但並不遺憾。骨子裡我或許還是那個怪小孩，覺得有些作家的某作品就是為我寫的，她早就認識我是誰，知道我的存在。

＊　＊　＊

是念小學二年級那年吧？父母親都在工作，家裡有時請了幫傭照料，青黃不接的時候，我便成了當年極少見的鑰匙兒童，頗為自立。我記得那年來了一位幫傭的太太，黑黃黃一張方臉，大概經濟情況不是很好，有個跟我同年的女兒。

我那時讀的是私立小學，貪它上全天課，上班的父母比較安心。她的女兒本來讀的是國民小學，到了下學期，她把女兒也轉到跟我同校了。開學第一天早晨，我們都在同一站等校車。我從來都一個人等校車，這會兒多出了兩個人——幫傭的太太和她的女兒。小女孩穿著全新的制服，面無表情，做母親的卻是滿臉的喜悅，不停地為女兒打理儀容，拉拉這個衣角、整整那個髮夾。我一直望著小女孩，心想是否該跟她打招呼或說些甚麼。一抬眼，我忽然發現那位母親正在盯著我。啊，那個眼神！一個做母親的心，如何冀望著把自己女兒送進與我同一間私立小學——

不不！那眼神中還有更多。奇怪我當下為甚麼有一種像是自己做錯了甚麼事的羞恥？我為甚麼被當作了比較的對象？我在那眼神中看見某種對立。一個學期後，也許是功課趕不上的緣故，又或許是經濟因素，小女孩又回去了原來的學校。那位太太也不再來幫忙了。

這個世界原本就不公平，如張愛玲所言，是千瘡百孔的。長大後的我一度愛上張的冷峻綺麗，彷彿學會了如何隱藏起從小那個敏感易受傷的自己。三十五歲後，我重新試著一點一點脫掉華美卻爬滿了跳蚤的那襲袍子。然而巨大的惘惘還是存在，四十歲以後我害怕的不是死亡，而是美好的價值一直在崩塌。善與惡、貧與富、真與假，這些對立從有人類就一直存在，何需再多言？連十歲的孩子都可以體會、因而會感到遺憾的事，豈容得更多的挑弄？

當我在隱地先生為琦君小說集《菁姐》的「爾雅」新版序中讀到，她民國五十二年的舊作《煙愁》在七十年交給「爾雅」重印後，至今也賣出了四十多版。再想想，她還有其他更暢銷的作品，加一加就不得不令人驚嘆：怎麼會有這麼多人在讀琦君？

相信許多人會跟我一樣，經過這些年本土意識的「教育」，下意識就要聯想到，琦君的作品絕大多數都與她在大陸的故鄉有關，百分之百的「外省」作家，在台灣能有一直不墜的影響與受歡迎程度，這又代表了甚麼？光靠外省籍讀者是不可能有這樣的銷售數字的。而她的文字就有這個力量，別人撕裂的，由她來縫補。

文學的美好價值也就在此了，它提供了更高的認同——做為一個人，而不是哪裡人。它可以讓一個孩童的心從此充滿溫暖，不再孤獨，也可以讓一個社會中的人學會體諒包容。琦君的讀者們，每個人或許都在其中找到了某種認同的東西。以我而言，我看見了一種純度，尤其在還很小的時候，她已經教會我不要變質的可貴。

三十年前讀琦君的記憶，換來一場無預警的眼淚，那並不是悲傷。而是突然感覺，到家了。

——《就是捨不得》，九歌

作者簡介

郭強生

一九六四年生，北平市人。台灣大學外文系畢業，美國紐約大學戲劇研究所博士。曾任中學英文教師、報社副刊編輯，曾獲全國學生文學獎小說獎、時報文學獎劇本獎，並以〈給我一顆星星〉獲文建會優良舞台劇本獎首獎。現任東華大學英美文學系所教授，並成立「有戲製作館」製作舞台劇。寫作文類包括小說、戲劇、文化評論和散文。著有《作伴》、《掏出你的手帕》、《留情世紀末》、《傷心時不要跳舞》、《文化在報紙和咖啡之間》、《在文學徬徨的年代》、《書生》、《文學公民》和劇本《非關男女》、《在美國》。

曾在紐約求學、教書長達十年的郭強生，吸收了紐約這個國際都市的文化養分，回國參與國內第一所文學創作所的創辦與教學工作，這些年來，不僅培植了許多學院的創作寫手，他個人的寫作也加入了對台灣社會的濃重關懷。

作品導讀

閱讀讓孩童的心充滿溫暖

這一篇散文是寫郭強生童年的閱讀經驗，閱讀和他的成長亦步亦趨，當別的小孩都在讀〈仙履奇緣〉、〈小飛俠彼得潘〉時，甜美溫馨幸福快樂“happy ending”的童話故事不能讓他產生共鳴，郭強生不需要故事書，他讀川端康成、白先勇，唯一喜愛的童話是〈快樂王子〉，也是因為那哀而不傷的殘缺、有血有淚的溫柔，別人眼中的「怪小孩」一路亂讀，就這麼長大了，然後在一場座談會談琦君，誦讀琦君的童話〈賣牛記〉，牽動他卅年來的閱讀記憶，大大小小的感懷，終於他證實了，「覺得有些作家的某作品就是為我寫的，她早就認識我是誰，知道我的存在」。

喜歡戲劇、電影而且寫小說的郭強生，散文裡有很濃的戲劇性，裡頭的人物也和一般散文的輕描淡寫不太一樣，反而立體到像要從文章中跳出來。尤其是那位在家中幫傭的太太，黑黃黃一張方臉，滿是喜悅地為女兒拉拉衣角整整髮夾，短短幾筆速寫，天下父母望子成龍成鳳的心情、一種社會階層對立的層次感就被拉出來了。

郭強生寫讀琦君的感受很有個人風格，繞了好大一圈談自己小時候亂讀，到了文末才記下「以我而言，我看見了一種純度，尤其在還很小的時候，她已經教會我不要變質的可貴」，於是，本文用同樣平淺的文字，不雕琢，不匠心的方式將那一分純度轉為「三十年前讀琦君的記憶，換來一場無預警的眼淚，那並不是悲傷。而是突然感覺，到家了。」

記憶銀橋

王盛弘

記憶是不可靠的，
它任情感揉捏，
是水，也可以是霧，
或是結晶，
地面的河流、天上的雲朵、極地的冰山。

記憶是不可靠的，它任情感揉捏，是水，也可以是霧，或是結晶，地面的河流、天上的雲朵、極地的冰山。

我的記憶裡有一座橋，確確實實一座橋，無可虛擬。它位在我的故鄉遠近知名的八卦山山腳下。八卦山上的大佛，黑黝黝法相莊嚴，據說是全世界最大的座佛。若不是世界最大，也是亞洲最大。若不是亞洲最大，也是台灣最大。若不是台灣最大，也是我的心中最大。祂在每個鄉人的成長記憶裡，占有重要的地位。

一回我在台北，翻報紙，看到一則消息，說是黑色大佛要改漆成金色。我皺皺眉頭。不只皺皺眉頭，我想提筆寫一封信給縣長，告訴她，我不喜歡我的記憶被強迫變色。雖然我離開故鄉的日子和在家鄉的年少時光已經一樣長了，但我仍覺得我應該為我的記憶說說話，仍覺得我有權利為我的記憶說說話。

可是，我甚麼都沒說甚麼都沒做，只是皺皺眉頭。

銀橋位於山腳下，開車的人、騎摩托車的人，壓著平順又敞寬的卦山路疾駛而上，只有走路的人才會慢慢地拾著階梯往上爬。爬一階數一階，如果我一個人徒步上山，我就這樣爬著數著，好像一頁頁地翻著自己的心事，或像撿地上的落花，羊蹄甲、黃槿之類，撿一朵數一朵，輕輕握在手掌中。如果我是一朵落花，會喜歡有人這樣珍惜我。那時候，心很柔軟，很容易有皺褶。

有一回我坐在階梯上畫畫，畫遠遠的隱隱約約躲在羊蹄甲、黃槿或相思木之類樹木之後的銀橋。近處有兩個乞丐，身前擺一隻破陶碗，穿著灰撲撲很破舊，就像古裝電視劇裡的乞丐裝扮。他們坐在那裡，並不悲苦，雖然嘴裡也喊苦，一句一句我聽不太清楚，唸歌一般，一種民間戲曲的氣氛。沒有行人時，他們鬥嘴鼓，你說一句我說一句，流暢得像在相聲，聽起來挺快樂。

施捨的人很多，叮叮噹噹，也有給紙鈔的，捏得皺皺的一元、五元，或是簇新的十元紅色鈔票。破碗裡看起來豐收了，便將錢撿進「嘎記」（袋子）裡，碗裡只留下幾枚銅幣、鎳幣。

這是很久、很久以前的事情了，一九八〇年代早期吧，我還在讀小學。這些年我持續看到許許多多乞丐，但都沒能像喜歡那兩名一樣地喜歡其他的。後來遇到的那些乞丐，太戲劇化了，沒有了手沒有了腿，拖著個半殘的軀體在溼漉油膩的菜市場裡爬行，還一路播放哀淒的音樂，太儀式化了。並不是他們不再值得同情，而是我承受不了這樣的撞擊，只想躲開。

或者，只是心變硬了。

在另一回寫生比賽裡，我再度仔細觀察了銀橋。我很喜歡畫畫的，也跟著老師學過好幾年畫，從小學一直到高中準備升學考。半途放棄，真是遺憾。不過人生中遺憾的事情太多太多，這只是其中輕微的一件。

那一個寫生的下午，空氣潮潮的涼涼的，略有些霧氣，更把銀橋烘托得高大雄偉，好像橫跨著兩座險峻的山。拿畫框一裱，就能裱出一幅水墨畫，我一直試圖讓它在我的記憶裡保持這樣的形象。但其實，它更接近於結實敦厚，橋身爬滿了地衣和青苔，時間經過行人走過，葉子落了下來又讓風給吹起，翻飛到遠方，而它還是結實敦厚一座橋。

橋下的水流細細的淺淺的，幾名婦人臨河洗衣。幾個女人聚在一塊兒，要她們不說話，除非心裡有了疙瘩。對話聲，咯咯笑聲，木棒擊打衣服聲，在山壁與山壁間回盪，把場面攪得熱鬧、生動。我畫不出聲音，只畫得出藍色的天空有白色的雲，遠山是淡淡的青色，近山是濃濃的黛綠，灰色裡攙雜菼色是銀橋。我畫不出溪水的透明，但輕易點染出婦人身上的紅色黃色。

當然我畫很多綠樹。我從小就喜歡綠色，綠色的樹綠色的水田綠色的馬糞草叢生的操場。水彩顏料總是綠色的那幾條最先擠得扁扁的。出發比賽前老師叮嚀，你要多畫樹，你畫的樹格外有精神。

但是很快地烏雲攏來，涼風吹了幾陣，就下起雨來了。雨好大，好像有人拿著水盆潑灑，學生都撤退到馬路對面的一棟木造建築，日治時代就站在那裡了。我看著我的畫讓雨水給淋得溼答答，這下子真是名副其實的水彩畫了。

考上的高中就在八卦山上。輪到我坐窗戶旁邊時，夏蟬唧唧一響萬應的午後，老師，請，你不要再，開口，你，把我催眠得，快要，進入夢鄉，了。多半時候我張望著遠遠的大佛，心在更遙遠的他方，大佛任祂法力無邊也管不住我，我的心緒是連自己都管不住了。窗子突然被關上，有人站到身邊，抬頭一看，是老師。同學笑成一片，有人說，老師喊你好幾回了。老師沒有責備我，走回講台，繼續上課。

而我，低下頭，好專心地右手拿筆，畫我的左手，課本的空白處都是我的左手素描。

班上有三個好朋友，三個，好像都是這樣。黃文勇楊顏臨王盛弘，小學的三個好朋友；柳廣輝鄭飛鴻王盛弘，國中的三個好朋友；陳昭誠王盛弘加上T，高中的三個好朋友，下課後常膩在一起，說不完的話。

下課了，三個人騎著腳踏車到處晃，歌聲在風中飄盪，唱〈夢田〉，唱〈橄欖樹〉，唱「天上的星星，為何，像人間一樣的擁擠。地上的人們，為何，又像星星一樣的疏遠」……也一起去銀橋，腳踏車停在山腳下，蹦蹦跳跳踏著石階往上，站到橋身，學武俠電影裡的大俠擺弄姿勢，一時之間真自覺得是個人物了。T說，陳昭誠你是無塵道長，王盛弘你是段譽，至於我嘛，嘿嘿，我是蕭峰。我們抗議，哪有這個道理，我們是出家人和書呆子，你自己當大俠！T說，好吧，那我們來比劃比劃，就知道誰是大俠了。

大俠是T，毫無疑問。我繼續當我的段譽。陳昭誠還是無塵道長。

沒能升上高二，大俠過世了。大俠沒能升上高二，過世了。過世了大俠，沒能升上高二。(啊，祢給我的辭彙這樣少，我要怎樣造句才能不把T和死亡連結在一起呢？)我們都去送了葬。開頭幾年也都相約在他的忌日或清明時節去掃墓。後來各自去了。再後來，我就沒再去了，甚至跟其他人也失去了連絡。只在心裡常常想起T，想起陳昭誠，那些模模糊糊的臉孔，清清楚楚的記憶。記憶可靠嗎？這清清楚楚的記憶不知有多少是自我的情感中繁殖出來的。

記憶畢竟是可靠的，它對情感忠心。

——二○○六年十二月號《幼獅文藝》

作者簡介

王盛弘

一九七〇年生，台灣彰化人。輔仁大學大眾傳播學系畢業。性好文學、愛好觀察社會萬象，並探索大自然奧祕，賦予並結合人文意義。

散文曾獲《台灣新聞報・西子灣副刊》年度散文家兩次、梁實秋文學獎、王世勛文學新人獎、教育部文學獎、台北文學獎文學年金、金鼎獎等，曾任職《中央日報・副刊》，現任《聯合報・副刊》編輯。散文集《桃花盛開》獲國家文化藝術基金會獎助。另著有《假面與素顏》、《一隻男人》、《慢慢走》、《關鍵字：台北》等書。

名散文家陳冠學說他的文字「宛若遊龍，驅遣自如，論事析理，別有一番筆法，從這一連串作品看，散文議論小品確是又進入了一個新的時代了。」身為五年級後段班，卻有超乎世代的早熟，王盛弘的作品中，多的是比他年紀還古老的素材，譬如〈相思炭〉（收錄於《神探作文》一書，三民出版）一文中所敘寫的清明掃墓習俗，又如本文中門嘴鼓的乞丐，說不定在王盛弘散文世代的年輕身軀中，有一顆老靈魂。

作品導讀

解構的記憶、永恆的情感

我們和過往歲月連結起來的，是記憶，記憶告訴我們一歲半時站起來跨出人生第一步；十二歲升國中時剪去留了六年的長髮；十八歲時離鄉開始都市生活；卅歲成家，卅四歲立業……我們還活著，記憶也將繼續下去。但是，生性敏感的作家卻常常推敲，記憶可靠嗎？它在哪一個環結解構，又在哪一個時空裡重組？

本文以青少年之前的生活為題材，串連在小學、國中、高中的生活裡，是八卦山腳下的銀橋，那座橋隱隱約約躲在羊蹄甲、黃槿或相思木之類樹木之後；那座橋高大雄偉，好像橫跨著兩座險峻的山；那座橋好朋友們一起去，腳踏車停在山腳下，蹦蹦跳跳踏著石階往上，站到橋身，學武俠電影裡的大俠擺弄姿勢……。雖然銀橋有各種姿態，但它總是不變地佇在那兒，圍繞著它戲耍的小孩長大了，臨河洗衣的婦人老去了，蹦跳跳的大俠死去了，銀橋仍然在那兒，永恆是它最終的姿態。

寫好友死亡哀而不怨，只說大佛給的辭彙太少無以形容好友猝逝的傷痛；寫聯考的壓力，高中生坐在教室裡心思飛到遙遠的地方，教師講課的聲音是一首催眠曲；寫自己成長的變化，童年時喜歡八〇年代那一對快樂的乞丐，長大了卻承受不了哀悽的撞擊，只想躲開。「在抒情的筆調外，另闢蹊徑，取法一代雜文大師周作人」這樣形容王盛弘的散文是貼切的。

「時間經過行人走過，葉子落了下來又讓風給吹起，翻飛到遠方，而它還是結實敦厚一座橋」，最終王盛弘發現，記憶畢竟是可靠的，它對感情忠心。

神探作文：讓作文變有趣的六章策略

林黛嫚、許榮哲　著

●行政院新聞局第二十九次中小學生優良課外讀物推介

名偵探福爾摩斯接到德文郡警長的邀請，請他到德文郡解決一件奇案。隨著案情越來越離奇，福爾摩斯面對這些懸疑難解的問題，竟然採用「作文」這個武器來與歹徒周旋！到底福爾摩斯如何利用寫作技巧來破案呢？快翻開《神探作文》，跟著福爾摩斯，一起當個「作文神探」吧！

你道別了嗎？

林黛嫚　著

●中山文藝散文創作獎、聯合報讀書人周報書評推薦

你知道每一次道別都很珍貴，你無法向那些不告而別的人索一句再見，但是，你可以常常問問自己，你道別了嗎？作者在這本散文集中，除了以文字見證生活經驗之外，更企圖透過人稱的轉換造成距離感，並以小說化的敘事筆調呈現散文的瀟灑文氣。